Vollmond
über Warnemünde

Die kleine Kuttergeschichte

Bibliografische Information der Deutschen Nationalbibliothek: Die Deutsche Nationalbibliothek verzeichnet diese Publikation in der Deutschen Nationalbibliografie; detaillierte bibliografische Daten sind im Internet über dnb.dnb.de abrufbar.

Herstellung und Verlag: BoD – Books on Demand, Norderstedt

ISBN: 9783751930086

Für
Jannis, Wiebke, Lars, Leonie, Lena,
Kiki, Ole, Lynn, Mattes, Luan, Jordi
und alle, die noch kommen werden.

Shiver me Timbers
I'm a-sailin' away

(Tom Waits)

Julius Berndt

Mein Urgroßvater trug das Meer in sich.
Sogar in Stettin, in der schäbigen Kellerwohnung
mit feuchten Wänden
und den winzigen Fenstern oben an der Decke,
in der er gestrandet war,
nach all dem, was er gewagt hatte,
selbst dort konnte er die sanfte Bewegung der Wellen spüren,
das ewige, niemals innehaltende Schaukeln des Schiffrumpfs,
das an- und abschwellende Pfeifen des Windes hören,
das Salz auf den Lippen schmecken.
Durch seine Träume hindurch vernahm er
das leise Gurgeln des Wassers an den Planken,
schreckte manchmal hoch aus dem Schlaf
mit der Gewissheit, geweckt worden zu sein
vom Schrei einer Möwe.

Friederike Berndt

An meiner Urgroßmutter war es, jeden Tag
einen vollen Kochtopf auf den Tisch zu stellen,
den Ofen im Winter in Gang zu halten.
Sie plättete, putzte, bleichte und kochte,
trug Asche und Kohlen durch das dunkle Treppenhaus,
sorgte für saubere Kleidung, trockene Schuhe
und das abendliche Gebet,
wischte ihren Kindern den Schmutz aus den Mundwinkeln,
glättete ihr Haar und schlichtete Streitigkeiten,
drehte die Pfennige dreimal herum, bevor sie sie ausgab,
nähte Unterwäsche aus zerrissenen Laken,
stopfte ungezählte Socken, wieder und wieder,
verlängerte zu kurz gewordene Hosen,
ließ die Säume aus den Röcken,
denn die Kinder wuchsen so schnell
und waren immer hungrig.

7

Vorwort

Was bleibt von einem Leben, das längst vergangen ist,
was wird weitergetragen
durch die Jahre und die Zeiten
von einem Nachkommen zum nächsten
und wird immer wieder erzählt
mit immer neuen Worten?

So eine kleine Anekdote,
eine so oft herzlich belachte Geschichte
auf Papier zu bannen, erscheint fast aussichtslos,
als solle ein Vogel eingefangen werden,
der seiner Natur nach frei ist.

Wie bloß aus den Bruchstücken des Überlieferten
aus dem, was uns Bücher, Filme in Schwarzweiß
und vergilbte Fotos zeigen,
aus dem fraglos im Lauf der Zeit Hinzugedichteten
etwas Lebendiges schaffen und längst Verstorbenes
auferstehen lassen?

Trotz all der Zweifel habe ich mich auf den Weg gemacht,
gefragt, geforscht, gelesen
und schließlich einfach nur gewartet,
bis die kleine Kuttergeschichte
sich selbst zu erzählen begann.

Gewiss ist der Vollmond, der über Warnemünde stand,
davon wusste eure Ururoma zu berichten,
viel später, als das Haar schon grau und weiß war,
das Gesicht voller Falten, die Augen
hinter dicken runden Brillengläsern, fröhlich,
weil sie etwas zu erzählen hatte
vom Vollmond am Hafen von Warnemünde.
Und alle lauschten.

„Vier Kinners", so erzählte sie, „unne Seekiste,
aver sonst ward alls hen,
dei Fruend mit dat heele Geld,
uf un davon un alls,
wat wi hetten, alls perdü,
sogaar dei Kutter, ach dei Kutter..."

Alle kennen die Geschichte, auch heute noch,
meine Tante erinnert sich an die Lieder,
die Friederike Berndt immer sang, und an all das,
was Julius Berndt von seinen Abenteuern zum Besten gab,
damals in Sünna, die beiden Enkelinnen um sich herum,
dazu die Kinder aus der Nachbarschaft.
Keiner wird je sagen können,
was von seinen Erzählungen Seemannsgarn war
und was nicht.

Auf der Suche nach meinem Urgroßvater
stoße ich auf einen alten Ausweis,
das Papier schon spröde, aus scharfen, lebhaften Augen
starrt er mich an, Julius Berndt,
ein Blick ohne Illusionen,
die Schrift ist russisch, warum russisch?

Natürlich: die Besatzungsmächte,
aber das war doch später, viel später,
wir müssen tiefer in die Vergangenheit,
das Rad der Geschichte weiter zurückdrehen
bis wir in jenen Jahren ankommen,
in denen die Röcke der Frauen noch lang,
die Schnurrbärte der Männer noch wuchtig sind.

O ja, auch dazu ist ein Bild geblieben,
ist durch die Generationen gewandert:
der junge Julius Berndt kehrt heim,
ein mächtiger Frachter, von einem Schlepper gezogen,

legt an im östlichen Hafenkanal, der Seemann hält Ausschau,
die Ware muss gelöscht werden. Scharfe knappe Rufe
übertönen das Hafengelärm. „Packt an, ihr Landratten!"
Er jedoch steht an der Reling, schaut suchend in die Menge
und entdeckt inmitten des Gewimmels
auf dem Kaiser-Wilhelm-Kai: seine Kinder.
Zielsicher wirft er ihnen kleine Päckchen zu.
Vier Kinder strecken erwartungsvoll die Arme,
springen hoch, greifen nach Heruntergefallenem,
eilig, bevor es jemand anders tut, juchzen, winken, strahlen,
schieben die Kostbarkeiten in ihre Schürzentaschen.
Eddi hüpft so aufgeregt,
dass Friederike ihn an den Hosenträgern zurückhält,
sonst fällt er noch ins dunkel schimmernde Wasser
des Hafenbeckens, für so etwas hat er Talent, der Junge.

Und dann?
Wie finden wir den Weg
vom Großstadt-Trubel am Stettiner Freihafen hinaus
zu dem stillen Fischerdorf an der Warnow-Mündung
am Alten Strom? Dorthin,
wo Friederike Berndt auf einer Seemannskiste hockt,
gestrandet mit vier kleinen Kindern,
ohne einen Pfennig Geld in der Tasche, alles verloren,
sogar der Kutter, ach ja der Kutter.

Dorthin, wo der Vollmond scheint,
wo vom Fischmarkt an der Mittelmole
eine leise Drehorgelmusik herüberklingt,
leise summt die junge Frieda
zum Trost für ihre vier Kinder und für sich
eine ewige Melodie:
Ach du lieber Augustin, alles ist hin.
Ja, so ist es wohl gewesen,
und vielleicht auch ganz anders.

1. Kapitel: Ein Hauch von Weltstadt

Unbestritten ist, dass alles in Stettin beginnt,
inmitten der tönenden großen Hafenstadt,
zu einer hoffnungsvollen Zeit, noch bevor
der Große Krieg ausbricht, man genießt die Zuversicht,
zeigt sich selbstbewusst, vielleicht sogar übermütig,
weil alles so vortrefflich anmutet.
Was für eine rührige, aufstrebende Stadt,
dort an der Oder. Gerne geht der Blick nach Berlin!
Unsere Zukunft liegt auf dem Wasser,
hat der Kaiser gesagt, deshalb ist es doch eine Freude,
sie zu sehen: die Dampfer, Frachter, Kreuzer,
die großen Schiffe, wie sie kommen und ablegen,
dampfend und tutend.

Nicht zu überhören ist das helle Klingeln der Elektrischen
in den Straßen (wozu noch Pferdedroschken?),
dazu die Pracht der neuen Oberpostdirektion,
breit angelegte Alleen, eine Einladung
zum Promenieren.

Die neue Baumbrücke:
Sie öffnet sich natürlich automatisch,
- es ist ja der Fortschritt -,
und mit Getöse - die neue Zeit ist laut.
Es teilt sich die Straße,
die Hälften heben sich wie von Geisterhand bewegt,
geben für die großen, die wirklich großen Schiffe,
den Weg frei. Ein Schauspiel ohnegleichen,
und alle bleiben stehen
und gaffen.

Ja, es geht hier ordentlich voran.
Auf der Hakenterrasse steht man
mit Zylinder und Kneifer

hinüberblickend ans andere Flussufer
zu all den mehrstöckigen Speichern,
zu den Kaikränen und den neuen Fabriken.
Der Blick der Damen gilt eher den Auslagen
in den neuen Geschäften, den filigranen Stickereien,
den Hüten mit Federn, den Kleidern und Handschuhen
aus glänzenden Stoffen und mit Perlen verziert.
Ein Hauch von Berlin.
Eine Stadt in Pommern will nach oben,
will leuchten: elektrisches Licht und fließendes Wasser
sogar für die Arbeiterfamilien,
jedenfalls
für einige.

Julius Berndt lacht über all das,
was er in der Zeitung liest,
„Stettin soll ne Welthandelsstadt werden, als ob!
Dat eenzige, wat hier hoch geiht,
sün de Priesen, die und nix anners.
Well brukt dat elektrisch Lücht,
kann ja nüms de Mieten betahlen."

„Nu aver, wi hewwe ja nu ein fein Stuuv",
wendet Frieda ein. Sie mag es nicht,
wenn ihr Mann politisch wird.
Auf ihr Heim ist sie stolz, da lässt sie nichts drauf kommen.
Die beiden Zimmer liegen weder im Keller,
noch unter dem Dach, sondern im dritten Stock.
Es zieht nicht kalt durch die Ritzen,
nur bei strengem Frost
legt sie Handtücher in die Fensterbänke.

Im Sommer steigt die Sonne über die Häuserfronten.
Zur Mittagszeit scheint sie in ihre Stube.
Sie haben ein Schlafzimmer,
wo sie mit den Kindern schläft.

13

Die Tür kann sie abends schließen
und noch in der Küche schaffen,
während die Kinder schon schlafen.

Doch wenn sie ihre hübsche Wohnung lobt,
dann schaut Julius sie an und fragt,
was mit Else und Eddi sei,
wenn die nicht mehr in einem Bett schlafen können,
ein Mädchen und ein Junge, Geschwister, schon recht,
aber dennoch, wo soll der Junge dann schlafen,
ins Schlafzimmer passt kein weiteres Bett,
soll er zu Julius in die Küche, - etwa
mit auf die Küchenbank?

Da fällt ihr nichts zu ein, es gibt keine Lösung,
nicht heute, nicht jetzt, wozu darüber lange grübeln,
sie findet keine Worte dafür und außerdem
hat ihr Mann etwas erwähnt,
darüber will Frieda nun schon gar nicht sprechen.

Die Küchenbank.
Über dieses Thema
wird nicht gesprochen.

Julius kennt seine Frau, erwartet keine Antwort von ihr.
Sein Blick wandert zurück zur Zeitung,
er antwortet sich selber, genügsam und friedlich,
wie es seine Art ist.
„Jo, mien Frieda", meint er.
„So is dat wall."

Mehr Worte braucht es nicht.

Manchmal liest Julius aus der Zeitung vor.
Von neuen Erfindungen oder Entdeckungen,
was in der Welt geschieht.

Frieda lächelt und denkt, die Kinder
brauchen vor dem Winter neue Schuhe.

Was geht es sie auch an,
ob Stettin nun eine Welthandelsstadt ist
oder irgendetwas anderes.

Sie mag das Grüne und wenn es blüht.
Ja, im Frühling ist Stettin eine Pracht
mit den leuchtendweißen Blütenbäumen,
dem duftenden Flieder, den Blumenrabatten
rings um den Markt.

Frieda mag den Frühling, mag es,
wenn die Härte des Winters langsam
aus dem Alltag weicht, wenn alles leichter
und unbeschwerter wird.
Dann singt sie mit ihren Kindern Frühlingslieder.
Auf einem Baum ein Kuckuck ... saß
Im Märzen der Bauer...
Auf das Gute im Leben richtet sie ihren Blick.
Im Frühling ist es leicht, auf das Schöne zu schauen.
Die Vorfreude auf das Kommende flattert
wie ein aufgeregter kleiner Vogel, der ins Freie will.

Nur in diesem Frühling ist alles anders.

Da will die Vorfreude auf die Sommerzeit
sich nicht einstellen. Es ist,
als habe sich eine dumpfe Vorahnung
in ihr eingenistet wie ein lästiger Gast.
Etwas Schweres, Drohendes
haftet diesen ersten warmen Tagen an,
wie eine Wolke, die ihr Gemüt umfängt,
die sie weder zu deuten noch zu beschreiben weiß,
die aber einfach nicht von ihr ablässt,
seitdem Julius seine Schiffszeichnung gesucht hat.

Die Schiffszeichnung.

Wie merkwürdig doch,
was für eine andauernde Wirkung dieser kleine Vorfall hat.
Es ist doch nur eine Zeichnung aus seiner Jugendzeit,
die ihr Mann gesucht und nach einigem Fluchen und Wühlen
auch gefunden hat, ein altes Stück Papier,
etwas brüchig bereits, mehrfach gefaltet,
ein Zeichenbogen, der unbeachtet jahrelang
in einer Schublade lag.

Aber diese eine besondere Zeichnung,
- Frieda kennt sie, weiß um ihre Bedeutung -
dieser Zeichenbogen, den Julius nach all den Jahren
plötzlich hervorkramen musste,
ein Papier nur, ja, aber darin steckt eine Kraft,
fast schon ein Zauber, mächtig genug,
ihr bescheidenes kleines Leben
in Stücke zu reißen.

2.   Kapitel: Die Schiffszeichnung

Der beste Tag in der Woche ist Samstag.
Freitag hat es Geld gegeben,
alle Rechnungen sind bezahlt!
Als Julius aus dem Werk kommt,
gibt es Kartoffeln, gelb und rund,
mit grünen Bohnen und knusprigem Speck.
Das duftet, da läuft das Wasser
im Mund zusammen.

Danach raucht der Vater seine Pfeife und trinkt Kaffee,
als habe er alle Zeit der Welt,
dabei ist doch Samstag, der beste Tag,
da soll er sich sputen.
So still sind die Kinder nur, wenn sie lauern,
aber sobald er die Pfeife ausklopft, ist es soweit,
das ist das Signal, jetzt aber hin und ihn mahnen,
am Ende vergisst er es sonst: das Beste am Samstag.

16

„Jetzt, Vadder, jetze is aber so weit!"

„Och nö", kommt es gemütlich vom Vater,
dabei ist die Pfeife schon leergeklopft,
zwischen zwei Fingern zwirbelt er den Schnurrbart.
„Och, nö, veel to schwoor, dat olle Ding.
Hüüt mal nich, Kinners."

Da empören sich die Kinder,
obwohl sie wissen: Der nimmt sie nur auf den Arm.
Sie müssen zetern und betteln, das gehört dazu,
zum Spiel.

Ein Kuss von seiner Jüngsten,
der kleinen Käte, große Augen bei Lotte,
Eddi mit schmollender Unterlippe,
Else, seine Große, ganz ernst,
da muss er ja wohl, also gut,
als hätte er eine Wahl gehabt.

„Na gaud, wat mut, dat mut,
ji Dreckspatzen, ji. Sonst mut jau de Modder
noch mit'n Lepel den Shiet vom Pelz rubben."

Seufzend erhebt er sich,
reckt sich, dass die Knochen knacken,
so macht er sich auf den Weg durch das Treppenhaus
hinunter in den Keller. Die vier Kinder
stehen oben auf dem Treppenabsatz,
kichernd und wispernd.

„Ick hör' ihn",
flüstert Käte mit aufgeregten großen Augen.
Wirklich, ein Schnaufen und schwere Schritte.
„Wie ne Dampflok", stellt Edmund fest, bekommt dafür
Elses Ellenbogen in die Seite. Endlich ist er zu sehen,
der geplagte Vater mit der schweren Zinkwanne
auf dem Rücken, sein Oberkörper ganz verschwunden.
Nur die Hände sind am Rand zu sehen.

Er wuchtet die Wanne das Treppenhaus hoch
wie eine Schildkröte ihren Panzer.
Eine Zinkwanne mit Beinen.
Wie lieben sie diesen Anblick!

„Nu aver rin mit jau", ruft die Mutter aus der Küche.
Das Wasser auf dem Herd im großen Kessel,
das dampft schon.
„Dei Vadder koamt ja nich dör,
wenn ji all dösig rümstaht un kiekt."

Kaum ist das dampfende Wasser in der Wanne,
werden die Kleinen ins Schlafzimmer verbannt,
denn Julius badet als erster,
weil das Bad jetzt noch ordentlich heiß ist.
Frieda bleibt und schrubbt ihrem Mann
den Rücken und wäscht sein Haar,
das macht sie, wie sie es immer getan hat,
von Anfang an als junge Ehefrau und auch schon davor.
Als seine Verlobte hat sie es nicht anders gemacht als jetzt,
ihm tüchtig den Rücken eingeseift
und das Kopfhaar ausgespült.

Es ist noch genauso und doch ist es anders geworden,
ganz anders,
denn sie lässt die Hände dabei nicht mehr wandern,
es gibt keine geflüsterten Zweideutigkeiten mehr,
kein bedeutungsvolles Gekicher,
keine geheimen Signale, die nur sie zwei
und niemand sonst verstehen könnte.

Es ist still geworden
zwischen ihnen.

Endlich kommen die Kinder dran,
die so lange gewartet haben,
endlich ins nasse Vergnügen.
Frieda wäscht einem nach dem anderen

die Haare, Hals und Ohren, Bauch und Po,
dabei können die Kinder
kleine Holzschiffe fahren lassen.
Die hat der Vater ihnen geschnitzt,
jedem Kind ein eigenes. Edmund hat sogar eines
mit vier Masten bekommen, einen Veermaster.
Der Rumpf ist blau lackiert mit echtem Bootslack.

Wie schlottern sie, wenn sie hinausgehoben
und mit einem groben Tuch abgerubbelt werden.
Bloß schnell in die trockene Kleidung,
warme Socken an die Füße, zum Vater ins Bett,
bis er dort mit allen vier Kindern liegt.

Dann wird die Zeitung zur Seite gelegt, los geht es:
Julius beginnt zu erzählen
von Klabautermännern, Piraten und großen Seeschlachten,
von Sturmfluten und riesigen Kraken,
die mit ihren Tentakeln Schiffe in die Tiefe ziehen,
sogar die ganz großen mit vier Masten.
Am liebsten berichtet er natürlich
von seinen eigenen Reisen und Abenteuern. Alle Kontinente
hat er gesehen. Nur nach Australienna,
so weit gingen die Fahrten dann doch nicht.
Aber in Amerika ist er gewesen.
Da hat es ihn dann gejuckt.
So ein weites Land. Ausgebüxt ist er,
vom Schiff runter und dann immer der Nase nach.
Als Soldat ist er untergekommen,
in der Fremdenlegion.
Aber das ist es dann doch nicht gewesen.
Im Dreck liegen und gehorchen -
das war noch nie seine Sache,
das macht doch nicht deshalb plötzlich Spaß,
nur weil es in Amerika ist, erklärt er den staunenden Kindern.
Also hat er sich wieder davongemacht und heimlich rauf
aufs nächste Schiff, das Richtung Heimat auslief.

Ein blinder Passagier, das ging auf Leben und Tod.
„Han de mi tofatten kregen, de Yankies", erzählt Julius,
„die han mi ofmurkst, sünner Erbarmen,
so löpt dat in Amerika, de fackeln nich lang."

In der Stube ist nun Frieda dran,
ganz allein und ungestört steigt sie als Letzte ins Bad.
Das Wasser ist inzwischen kalt, es schaudert sie.
Mit eiligen Handgriffen wäscht sie sich,
steigt wieder hinaus, trocknet sich fröstelnd
mit dem feuchten Handtuch ab,
hängt es zum Trocknen über den Herd.
Im Unterkleid schöpft sie das Wasser aus der Wanne,
stellt das leere wuchtige Gefäß hochkant an die Tür,
damit Julius es hinuntertragen kann,
wischt dann den Boden trocken
und ruft ihren Mann.

„Oooh", kommt es enttäuscht von den Kindern,
so schnell geht der Samstag vorüber,
der beste Tag und immer zu kurz.
„To Bett nu, Rabauken",
ruft Julius unerbittlich.
„Furt kummt de Modder för dat Gebet."

Als er in die Stube tritt,
hat er schon die Jacke an, die Kappe in der Hand.
„Nu denn", sagt er und blickt sie an.
Sie blickt zurück, steht einfach da.
Ihre Hände sinken. Das dünne Unterkleid, das sie trägt,
schmiegt sich an ihre Haut,
die noch feucht ist. Ihr Haar ist jetzt offen.
Es fällt nass über ihre Schultern und den Rücken herunter,
langes, dunkelblondes Haar,
sonst immer hochgesteckt. Frieda senkt den Blick,
schaut verlegen zur Seite.

„Na denn", meint sie. „Hew din Pläseer!"

Sie meint das ernst. Ein Mann,
der die ganze Woche im Werk schuftet,
muss am Wochenende auch mal ins Wirtshaus gehen.
Was bleibt denn sonst?

Er nickt und geht zur Tür.

Da sieht sie zusammengefaltet in seiner Jackentasche
die Schiffszeichnung.

In allen Truhen und Schubfächern
suchte er sie eine Woche zuvor
mit einer Unruhe und Gereiztheit,
die sie sonst gar nicht von ihm kennt.
Seemannsflüche stieß er grimmig hervor,
während er Mappen und Schachteln durchwühlte.

Er solle sich nicht versündigen, warnte sie ihn
ganz erschrocken und war überaus erleichtert,
als er das kostbare Stück endlich in den Händen hielt.

Er wollte die Zeichnung einem neuen Kollegen zeigen,
der selbst zur See gefahren war.
Seeleute unter sich.

Heute nimmt er das Papier wieder mit.
Fast will sie nach dem Grund fragen.
Warum denn schon wieder?
Will der Kollege noch ein zweites Mal
das sorgfältig gezeichnete Schiff bewundern,
die feinen geraden Bleistiftstriche,
die winzigen akkuraten Zahlen,
welche Maße und Längen angeben?
Frieda weiß genau, was dieses Papier verbirgt:
Es ist die exakte Vorlage, um ein Schiff zu bauen,
und zugleich ein Kunstwerk
von der Hand eines Zeichners eher
als von der eines Schiffszimmermanns.

Die Frage, warum Julius das Papier,

das er jahrelang nicht mehr hervorgeholt hat,
nun zum zweiten Mal mit in die Wirtschaft nehmen will,
lauert hinter ihren Lippen, aber sie schweigt.

Julius dreht sich vor der Tür noch einmal um,
die Hand schon auf der bereitgestellten Wanne.
In seinem Blick ist jetzt etwas,
das sie beklommen macht. Fast sieht er aus,
als müsse er noch etwas anderes wiederfinden,
als habe er noch etwas verlegt,
nicht in den Truhen und Schubfächern,
sondern in einem anderen Leben.

Ihr zeigte er die Zeichnung an dem ersten Abend,
an dem sie ihn besuchte. Ach, wie lange ist das her!
So viele Jahre sind verstrichen,
so vieles ist seitdem geschehen.
Aber es ist dennoch so nah, das Damals.
Jener Abend ist wie ein Bild in ihrer Erinnerung, mit Farben,
die nicht verblassen.
Vorher hatten sie schon vom Heiraten geredet,
also war nichts Unziemliches an diesem Besuch.
Man nahm es in ihren Kreisen nicht so genau.
Sie gehörten ja zueinander,
Julius Berndt und sie. Seit einem halben Jahr
trafen sie sich nun, manchmal zum Tanzen am Wochenende
oder für einen Spaziergang. Jetzt saßen sie zum ersten Mal
in seiner kleinen Bude, die ein einziges Zimmer war,
sie saßen nebeneinander auf dem Bett.
Es gab auch einen Stuhl, der lag voller Kleidung.

Sie waren sich versprochen,
dennoch war es für Frieda ungewohnt,
neben ihm zu sitzen und niemand um sie herum.
Auf eine süße Art war es unheimlich, fremd,
so neu, dass es ihr den Mund verschloss,
wie ganz am Anfang, aber er redete über ihr

unbeholfenes Schweigen hinweg, bestritt
die Unterhaltung - gut gelaunt - ganz allein,
brachte sie schließlich zum Lachen - das
konnte er gut - und fing an zu kramen.

Er wollte ihr etwas zeigen.
Etwas Besonderes, das spürte sie.
Es war ein Funkeln in seinen Augen, so geheimnisvoll
wie das Abenteuer, das ihn stets umwehte,
das in seinem Lachen, in seinen Geschichten
immer auf eine verführerische Weise mitklang.

Also holte er das Papier hervor.
Auseinandergefaltet bedeckte es den ganzen Tisch.
Sie starrte auf die Zeichnung, offensichtlich
der Bauplan für ein Schiff. Sie bewunderte
die Feinheit der geraden Linien, die Zahlen und Buchstaben,
die so ebenmäßig und gleichförmig waren,
als seien sie gedruckt.
„Du könst gaud teken", meinte sie erstaunt.

Was man bauen wolle, müsse man
ja wohl auch zeichnen können, erklärte er lächelnd.

Sie sah ihn fragend an. Ein Schiff wollte er bauen?

„Jo", sagte er, lachte leicht. „Ist wohl eher een Boot.
Eenmaal bau ick dat, und dann stek ick wedder in See."

Na, da horchte sie auf. In See wollte er stechen?
Was war denn dann mit der geplanten Heirat?

Er lachte über ihre Frage und seine Augen strahlten,
man hätte sich die Hände daran wärmen können.
Er versprach ihr, er würde niemals ohne sie
in See stechen und davonsegeln. Niemals.

Dabei legte er den Arm um ihre Schultern,
küsste sie, zog sie näher und näher, bis ihr

schwindelig wurde.
Wie praktisch war es doch, sie brauchten sich nur
in die Kissen fallen zu lassen und konnten miteinander tun,
was ihnen gefiel, natürlich nur leise
mit viel Geflüster und unterdrücktem Kichern,
damit bloß die Hauswirtin nichts hörte. Hinterher
lagen sie beieinander, eng umschlungen.
Sie drückte ihre Wange an seine nackte Schulter,
wollte ganz entschieden nirgendwo anders sein.

„Wetst, mien Frieda", murmelte er leise
in die Stille hinein. „Wenn du upm Schipp
in de Ferne kiekst, dann gifft dat nur noch de See,
de Himmel und de Streek dortwischen,
de Kimme. Sonst nix, ook nich di sülvst,
kannste dat verstahn?"

„Nei", gab Frieda zu.

Er küsste ihren Haaransatz an der Stirn
und erzählte noch mehr Verwirrendes
von der Weite des Meeres,
von Wind und Wellen und von einem Sternenhimmel,
der in Stettin niemals zu sehen sei. Zugleich streichelte er
unentwegt über ihre Seite. Es war ihr,
als könne sie durch die sanfte Bewegung
seiner Hände die Wellen des Ozeans
direkt unter ihrer Haut fühlen.
Ein anderes Meer brauchte sie nicht.

Jetzt jedoch - all die Jahre später -
breitet er die Zeichnung auf einem Wirtshaustisch aus.
Ein fremder Mensch nickt bewundernd oder skeptisch
oder lässt sich von Julius seinen Traum erklären.

Warum muss der Kerl die Zeichnung noch
ein zweites Mal sehen?
Warum nur, wo doch einmal reicht?

Dieser Gedanke lässt sie nicht los. Lästig und unbequem
steckt er in ihr und will sich nicht vertreiben lassen.
Er begleitet sie beim abendlichen Gebet,
während sie die Kinder küsst und zudeckt,
späte Fragen beantwortet, letzte Streitereien schlichtet,
Kissen zurechtzupft, Wangen streichelt. Er meldet sich,
als sie die eingeweichte Wäsche aus der Wanne hebt,
scheuert, spült und auswringt,
sie in den Trockenboden hinaufträgt,
an die Leinen hängt. Selbst noch
beim Bügeln der weißen Sonntagskleider
steckt er irgendwo hartnäckig in ihrem Hinterkopf.
Sie stellt das heiße Plätteisen auf die Küchenhexe,
direkt neben den großen Topf mit der Suppe, die sie schon
für das Sonntagsessen vorbereitet hat,
hängt die guten Kleider auf Bügeln
an den Küchenschrank, damit sie glatt bleiben
für den morgigen Kirchgang,
sogar Eddis kleinen Matrosenanzug.

Mit einem müden Seufzer räumt sie
das letzte Geschirr weg, zieht die Uhr auf,
spült sich die Zähne, öffnet das hochgesteckte Haar,
legt Rock und Bluse über einen Stuhl.

Sie löscht das Licht,
tastet sich in der Schlafkammer zum Bett,
schiebt die beiden Körper der Kleinen
auseinander, Lotte in die eine,
Käte in die andere Richtung,
drängt sich dazwischen, sinkt
in die tröstliche Wärme der schlafenden Kinder,
lauscht auf das leise Atmen, schließt die Augen.
Aber der Schlaf will nicht kommen trotz aller Müdigkeit.

Selbst jetzt verfolgt das Bild
eines gesichtslosen Fremden sie,

der sich für die Zeichnung ihres Mannes interessiert
und Unruhe in ihr Leben bringt.

Als Julius Berndt anfing, ihr den Hof zu machen,
vor all den vielen Jahren, die inzwischen
ins Land gegangen sind, die so Vieles
verändert haben, die ihr Leben zu dem gemacht haben,
was es heute ist mit dem Guten, all dem Guten,
was ihr geschenkt worden ist, wie auch mit dem,
was sie verloren hat,
damals,
war sie jung und unbefangen, munter,
ein fröhliches Mädchen, so sagte man ihr nach,
aber diesem Kerl, diesem Julius Berndt,
der ihr hartnäckig den Hof machte,
dem stand sie anfangs durchaus skeptisch gegenüber.
So groß, wie er war, so dunkel,
zu hager, um der Mann ihrer Mädchenträume zu sein.
Immerhin hatte er die sehnigen Arme von einem,
der anzupacken weiß, und einen ansehnlichen,
wahrhaft kaiserlichen Schnurrbart.
Das sprach gewiss für ihn.

Zudem war er Facharbeiter.
Aber nicht der gute Verdienst
gab den Ausschlag – auch wenn sie
gerade vor ihren Freundinnen durchaus stolz war.
Wie er da stand vor dem Tor der Fabrik,
die Schiebermütze in der Hand, ein Facharbeiter, jawoll,
ein Facharbeiter holte sie ab. Es war auch nicht
sein Talent, Geschichten zu erzählen.

Nein, den Ausschlag gab etwas anderes:
sie las in seinem Blick ein Versprechen.
Er würde sie niemals schlagen, betrügen oder verlassen,
er würde seinen Verdienst weder versaufen,
noch verspielen. Er versprach das nicht mit Worten,
darauf hätte sie nicht viel gegeben.

26

Wortgewandten Männern ist nicht zu trauen.

Aber mit Blicken zu lügen,
das ist schon schwerer.

So begann Friedas Zuneigung gegenüber Julius Berndt
zu wachsen. Sie ließ sich sein Werben gefallen.
Wenn sie zusammen Hand in Hand
am Flussufer entlangschlenderten,
erfüllte sie die Aussicht, eines Morgens
neben diesem Mann aufzuwachen,
in einem gemeinsamen Bett, einer gemeinsamen Wohnung,
schon bald mit einer mehr und mehr
von Ungeduld bestimmten Vorfreude.

Noch immer liegt sie wach in ihrem Bett
zwischen den beiden kleinen Mädchen,
als die Haustür aufgeschlossen wird.
In der Stube geht das Licht an.

An dem schmalen hellen Streifen
unter der Schlafzimmertür kann sie es sehen.
Dort scheint das Licht hindurch, erhellt
ein wenig die Schlafstube. Jetzt kann sie
die schlafenden Kindergesichter um sich herum
schemenhaft erkennen. Der Mann kommt nach Hause.
Das ist gut.
Vielleicht kehrt jetzt endlich Frieden ein.
Sie braucht den Schlaf so bitter.
Aber es schläft sich natürlich besser,
wenn der Mann im Haus ist.

Gleich wird er seine Kleidung auf einen der Stühle legen,
sein Bettzeug aus der Truhe holen,
sich auf die Küchenbank legen.
Er kann sich dort nicht wirklich ausstrecken,
aber immerhin ist sie gut gepolstert.
Er klagt nicht.
Das wäre nicht seine Art.

Frieda lauscht auf die Geräusche in der Küche.
Sie sind verstummt. Jetzt müsste
der kleine helle Schlitz unter der Tür
verschwinden. Jetzt
müsste Julius schlafen gegangen sein.

Doch es bleibt hell.

Frieda dreht sich zur Seite, schließt die Augen.
Vielleicht raucht er eine Pfeife.
Sie kann doch nicht darauf warten,
dass er fertig wird.
Sie braucht ihren Schlaf.
Entschlossen drückt sie ihr Gesicht
in das tiefe Kissen. Müde ist sie,
aber ihr Herz klopft
und klopft
und klopft.
Es lässt sich nicht besänftigen.

Wieder hebt sie den Kopf,
blickt zur Tür. Noch immer
fällt der Lichtschein in die Schlafkammer.

Was macht er nur?

Die Pfeife kann es nicht sein.
Sie würde es riechen.
Was hat er nur zu schaffen
zu dieser Stunde allein in der Küche,
ohne dabei einen Laut zu machen? Ist er
am Ende eingeschlafen,
hat vergessen, das Licht zu löschen?

Eilig schiebt sie die Decke zur Seite.
Leise steht sie auf. Sie will niemanden wecken.
Mit nackten Füßen schleicht sie zur Tür. Ganz leise
knarren die Dielen. Behutsam drückt sie
die Klinke und schiebt die Tür auf,

nur ein kleines Stück, damit nicht zu viel Licht
auf die Gesichter der schlafenden Kinder fällt.

Nein, Julius schläft nicht.
Er sitzt am Küchentisch,
stiert vor sich hin.
Als die Tür sich öffnet, blickt er auf.

„Frieda, waarum slöppst du nich?", fragt er
mit gedämpfter Stimme.

„Un woför schloapst du nich?"
Sie schauen sich an.

Ganz langsam rückt Julius
ein Stück zur Seite auf der Küchenbank,
zögernd,
als würde er
noch in der Bewegung
überlegen,
was nun zu tun ist.

„Koom, sett di daal", sagt er.
Sie folgt der Aufforderung stumm.
Ihr ist angst und bang zumute.
Erwartungsvoll sitzt sie neben ihm, aufrecht,
die Hände im Schoß wie ein Schulmädchen.

Ihr Mann räuspert sich und beginnt zögernd.
Von dem neuen Kollegen erzählt er,
Per Hansen ist dessen Name, ein Seemann,
der sich auskennt.

Der sich auskennt? Frieda guckt fragend.

Da rückt Julius endlich mit der Sprache heraus.
Dass der neue Kollege einen Plan hätte, einen guten.
Dass er Verwandte in Warnemünde hat,
in einem kleinen Ort am Meer.

Dass er ein Boot kaufen will, um Fischer zu werden.
Aber allein sei das zu schwierig.
Also wollen sie es zusammen machen,
er und der Per Hansen, zusammen ein Boot kaufen.
Weil sie dann vom Fischen leben können,
so wie es in Warnemünde alle tun,
die Männer fischen, die Frauen verkaufen die Fische
auf dem Rostocker Markt.
Weil die Arbeit in der Werft,
das wäre doch kein Leben,
nicht für Seemänner, wie sie es sind,
er und Per Hansen.

Friedas Augen werden immer größer.
Vielleicht ist er einfach nur betrunken,
überlegt sie. Betrunkene Männer
reden so viel daher.
Dann spinnen sie sich was zusammen,
er und dieser Hansen.
bestärken sich darin, dass Seemänner aufs Meer gehörten,
nicht in eine Werft. Dass sie besser Fischer sein sollten.
Wie Edmund, wenn er davon träumt, Admiral zu werden.
Wie Kinder eben.
So sind Männer,
wenn sie getrunken haben.

„Wi hewwen kein Geld,
um 'n Schipp tau kopen", entgegnet sie schlicht.

„Naja", wendet Julius behutsam ein.
„Ick hev doar wat sport, as ick jung was,
weil ick ja dat Schipp bauen woull.
Doför hev ick immer wat to Siet leggt,
as ick noch n Moses was."
„Wie? Geld hevvste sport?"
Nun sind ihre Augen rund wie Wagenräder.
Jeden Pfennig dreht sie um und weiß nicht,

womit sie die hungrigen Kinder satt bekommen soll,
stopft Zeitungspapier in die durchgelaufenen Winterschuhe,
flickt fremder Leute Wäsche. Aber der Mann,
der legt Geld zur Seite, um sich ein Schiff zu kaufen?

Mit einem Ruck erhebt sie sich.
Das reicht. Diesen Unsinn
möchte sie nicht länger hören.
Soll er erst einmal nüchtern werden.
Dann kann sie ihm den Kopf zurechtrücken.
Morgen wird sie ihm ihre Meinung sagen
zu seinen Träumereien. Vom Träumen
wird schließlich niemand satt.
Sie hat nicht geklagt, als das Geld
mit jedem Kind knapper wurde und
die Hausarbeit immer mehr.
Sie ist ja bereit, das Ihrige zu leisten,
so wie er das Seine tut.

Aber ein Fischweib, das ist sie nicht.

3. Kapitel: Kirchgang

Jeden Sonntag geht es zu Kirche,
das ist wichtig und gut,
das gibt Frieden und hält die Seele im Lot.

Es ist Frieda als schlüpfe sie in eine andere Haut,
als streife sie die Last des Alltags ab,
als widme sie sich etwas Höherem,
für das sonst weder Zeit noch Kraft bleibt.

Ihre kleine Schar erfüllt sie
mit Stolz, wenn sie gemeinsam auf die Straße treten.
Julius trägt seinen dunklen Anzug und einen Hut,
der Bart ist sorgfältig mit Wachs in Form gebracht.
Sie selber hat ihre weiße Festtagsbluse angezogen
und eine weiße Schleife hält ihr Haar im Nacken zusammen.

31

An einem warmen Frühlingstag wie diesem
kann sie den Strohhut tragen,
den Julius ihr gekauft hat im ersten Ehejahr
zu ihrem Geburtstag. Sie durfte
ihn sich selber aussuchen.
Einen Hut mit buntgestreiften Bändern.
Den ganzen Winter über liegt er in einer Hutschachtel,
der einzigen Hutschachtel, die sie besitzt.
Die Kinder dürfen nicht mit ihm spielen,
damit das feine Geflecht nicht gedrückt
oder durch die kleinen speckigen Finger
beschmutzt wird.

Beim Anblick der Kinder wird ihr so warm ums Herz,
dass sie den Ärger der zurückliegenden Nacht
beiseiteschiebt und die eigene Müdigkeit vergisst.

Wie wunderschön sie aussehen, die kleinen Mädchen
in ihren weißen, gestärkten und gebügelten Kleidern
mit den Bändern und Rüschen,
den feinen gestickten Blumen am Saum.
Else hat einen weißen Reif im Haar.
Die dunklen Locken fallen über ihre Schultern.
Nichts erinnert an das Geschrei und Gezeter
am Morgen, als es drunter und drüber ging,
sie sich gegenseitig die Schleifen
aus den Haaren rissen. Nichts erinnert
an das kurze unerfreuliche Gespräch mit Julius
in der zurückliegenden Nacht.

Sogar Edmund schaut fesch aus in seinem Matrosenanzug,
ordentlich setzt er einen Fuß vor den nächsten
brav an der Hand seines Vaters,
ahmt er dessen gemächlichen Schritt nach.
Frieda hat die Hand unter den Arm ihres Mannes geschoben,
obwohl immer noch wütend auf ihn,
das muss ja niemand wissen,
das will sie gewiss nicht den Nachbarn zeigen.

Jetzt ist sie ganz die gute Frau des Facharbeiters,
unterwegs mit ihm und ihren vier prächtigen Kindern,
ehrbare Leute, fast schon ein bisschen vornehm.
Morgen wird sie wieder an der Hintertür
der Frau Kommerzienrat stehen wie eine Bittstellerin,
spätestens ab Donnerstag wieder
beim Bäcker anschreiben lassen,
die düsteren Seiten
eines anderen Lebens.

Doch jetzt, während sie an dem Arm ihres Mannes
dem weithin klingenden Glockengeläut
zur Kirche folgt, mit einem freundlichen Nicken
bekannte Gesichter grüßt,
ist sie ganz im Einklang mit sich selbst,
mit der Welt,
mit Gott.

Noch aus einem anderen Grund
empfindet Frieda den Gottesdienst
als ein Geschenk. Es ist die einzige Zeit,
in der ihre Hände ruhen, in der die unerledigten Arbeiten
sie nicht antreiben, in der kein Geschrei
sie ablenkt, keine kleinen Hände an ihr zerren.
Selbst wenn Käte mit den Beinen schaukelt
und die Vorderbank trifft,
wenn Edmund gelangweilt in der Nase bohrt
oder Lotte heimlich ihre Schwester
in die Seite zwickt, hier übernimmt es Julius,
ihnen einen strafenden Blick
oder den mahnenden Zeigefinger zu zeigen.

Dann ist Ruhe.

Frieda lässt das gewaltige Gotteshaus
auf sich wirken, das Licht,
das durch bunte Glasfenster scheint,
die großen Kerzen auf dem Altar.

Ihr kleines schwarzes Gesangbuch
hat sie fest in der Hand, bis es an der Zeit ist,
es aufzuschlagen, in den feinen, vergilbten Seiten
 zu blättern und das erste Lied zu singen
„Lobpreiset den Herrn…". Dann lauscht sie
auf die Stimme des Pastors, lässt sich
von den salbungsvollen Ermahnungen tragen.
Manchmal hört sie zu,
manchmal gleiten die Worte an ihren Ohren vorbei,
und sie folgt ihren eigenen Gedanken,
hält ein ganz persönliches Zwiegespräch
mit Gott. Bisweilen wird sie auch
von einer schweren Müdigkeit überwältigt.
Die Psalmen und die bunten Fenster
verschwimmen ineinander.
Für einen kurzen Augenblick
schwinden ihre Sinne. Ihr Kopf ruckt,
sie ist wieder wach. Nach solchen Momenten
fühlt sie sich merkwürdig gesegnet,
als habe der liebe Gott
ihr kurz über das Haar gestrichen.

An diesem Sonntag ist an ein solches Einnicken
nicht zu denken trotz der allzu kurzen Nacht.
An diesem Tag hat sie ein besonderes Anliegen.
Ganz innig widmet sie sich dem Gebet,
wendet sich an den Allerhöchsten.

„Leef God", betet sie lautlos,
während der Pastor von der Kanzel aus
Genügsamkeit predigt und den Wert
der Bescheidenheit preist.
„Bitte, gew de Mann een beten Verstand,
dat hei van sien rammdösig Splien lat.
De brengt uns no' all in't Armhus."

Sie blickt kurz zur Seite,

betrachtet die unterschiedlichen Haarschöpfe ihrer Kinder.
Gott kann doch nicht zulassen,
dass diese unschuldigen Geschöpfe
ins Elend geraten. Zugleich weiß sie nur zu gut:
jeden Tag geraten unschuldige Kinder
ins Elend und in noch Schlimmeres,
ohne dass die schützende Hand Gottes
sie davor bewahrt. So vieles lässt er zu,
der Vater im Himmel, und hat gewiss Gründe dafür,
die Frieda nicht verstehen kann.
Nein, sie braucht nicht zu hoffen,
der Herrgott persönlich würde sich
ihres unbedeutenden Schicksals annehmen
und Julius auf den richtigen Weg führen.
Sie wird es selber in die Hand nehmen müssen.

Julius und sie streiten sich selten.

Was Frieda so von anderen Ehen hört,
wie dort geschrien und gescholten wird,
das kennt sie in ihren eigenen vier Wänden nicht.
Manchmal sind sie sich nicht einig. So manches Mal
äußert Frieda ihren Unmut, denn nicht alles
geht nach ihrem Sinn, aber es fallen keine harten Worte.
Niemals werden sie laut.

Es liegt dem Wesen ihres Mannes fern,
sich zu beklagen, solange er Pfeife und Zeitung,
Essen und Behaglichkeit vorfindet. Eher ist es Frieda,
die sich beschwert und über die widrigen Umstände
schimpft. Meist geht es um das Geld,
mit jedem Kind wird es knapper,
und die Preise steigen unentwegt. Nur die Lohntüte,
die Julius freitags heimbringt, wird nicht üppiger.
Letzte Woche fragte sie ihn,
ob denn kein Vorankommen möglich sei im Werk.
Der Mann von der Nachbarin, der Kaluschke,
der bringe mehr nach Hause, weil er im Akkord arbeite.

35

Das lohne sich.

Da lachte Julius nur, was sie ärgerte.
Was der Kerl wohl zu lachen hatte,
wo sie vor Sorgen keinen Schlaf findet
wegen der unbezahlten Rechnungen,
wenn der Winter vor der Tür steht und die Kinder
Schuhe brauchen.

„Jo, mien Frieda", gab ihr Mann unbeeindruckt zurück.
„Scheep kann keeneen im Akkord bauen.
Dat duert, bit son Schipp boet is.
Dor brukt man Sorgfalt, keine Tel.
Betahl de Lüt, dat sie snell sünd,
d Scheep wärn flink fertig und würn
flink untergehen. Scheep im Akkord. Dat wär wat..."

Warum er nicht Vorarbeiter wird, wollte sie wissen.
Solange verdingte er sich schon in der Werft.
Gäbe es da gar kein Vorwärtskommen?
So ein Vorarbeiter wäre auch nur Facharbeiter,
brächte aber mehr heim.

„Vorarbeiter sünd keen Minschen",
entgegnete Julius und seine Stimme
gewann dabei eine ungewohnte Schärfe.
„Dat sünd Koeters. De spreken nich, de blaffen.
Wenn de Vorarbeiter mi anblafft,
möchte ick em vertellen, dat wir Mannslüüd sind,
keine Schapen. Wenn ick Lust krieg, herum to blaffen,
denn werd ick Vorarbeiter."

Die Stimme ihres Mannes
veränderte sich in dieser Auseinandersetzung.
Ungewohnt hart und abweisend wurde sein Blick
düster, also verstummte sie und wandte sich ab,
widmete sich wieder ihren Töpfen,
ihrer Wäsche, ihren Kohlen und Fußböden. Vielleicht
haben sie auch deshalb so selten Streit,

weil sie sich so manche Antwort spart.

Sie weiß eben gut, wovon er spricht.
Arbeiten heißt sich ducken.
Julius duckt sich nicht gern.
Frieda kennt das.
Da gibt es auch gar nichts entgegen zu setzen.
Gar nichts.

Die Werft kommt Frieda wie ein Untier vor.
Morgens schluckt es die müden Männer,
ganze Scharen gebeugter Gestalten
in abgerissenen Jacken, mit schäbigen Kappen,
ausgetretenen Schuhen,
abends spuckt es sie wieder aus,
alle ein bisschen grauer und krummer als am Morgen.

Aber so ist es eben.
Was soll man über so etwas
lamentieren und wozu sich streiten.

Doch kein Weg führt vorbei an einem Streit
heute, am Sonntagabend, das weiß Frieda
seit dem frühen Morgen.

Ganz erschöpft fühlt sie sich, als es auf den Abend zugeht.
Sie ist des Streitens schon müde, bevor es begonnen hat.
Es mag an dem fehlenden Schlaf liegen.

Als die Kinder endlich mit gewaschenen Gesichtern
im Bett liegen, das Gebet gesprochen ist,
die Bettdecken zurechtgezupft sind,
da sinkt die Mutter in der Küche
auf einen der Stühle. Jetzt müsste sie
sich das Flickzeug nehmen,
aber ihre Hände wollen nicht mehr,
liegen müde in ihrem Schoß. Wo nur
ist der Zorn geblieben, die feste Überzeugung,
das Schlimmste mit aller Kraft verhüten zu müssen.

Julius schaut sie schuldbewusst an.
Er weiß. Dass er sie in der zurückliegenden Nacht
überfallen hat mit seiner Idee, das gibt er zu.
Dann fängt er noch einmal an zu beschreiben,
wie leicht es doch wäre, Fische fangen,
Fische verkaufen. Wenn doch all die Warnemünder
so leben, warum dann nicht auch sie?

Frieda guckt.
„Geld hevvste sport, aver nix von seggt."
Ihre Stimme klingt merkwürdig tonlos,
als sage sie ein Gedicht auf,
deren Sinn sie nicht mehr versteht.

Julius zwirbelt an seinem Schnurrbart,
sucht nach Worten.

„Villecht wars dat verkehrt.
Ach wetst, was ja man jümmers blot en beten,
'n Groschen nur, wenn nix ging."
Dann beginnt er von seiner Zeit als Moses zu erzählen,
dass man ihn die Latrinen schrubben ließ mit einer
winzigen Bürste, weil das so üblich war mit den Jüngsten.
Julius malt ihr aus, wie er dort im Mief hockte,
wie einer kam und schrie, er solle es ja ordentlich machen,
ihm in den Hintern trat, so dass sein Kopf
gegen das Holz knallte und er Sterne sah.
Da schwor er sich, eines Tages ein eigenes Schiff
zu haben, wo niemand ihn treten würde…

Frieda schweigt.
Sie kennt die Geschichte.
Er hat sie erzählt an jenem Abend,
an dem er ihr die Schiffszeichnung zeigte.
Sie kennt seinen Traum, aber für sie ist es der Traum
eines Junggesellen, der keine Familie zu versorgen hat.

Er beobachtet ihr Gesicht,

lauscht ihrem Schweigen.
Dann fängt er erneut an, diesmal mit etwas Neuem:
So ein Fischereibetrieb, das wäre doch etwas.
Das könnte der Edmund doch mal übernehmen,
und die drei Mädchen, die bekämen dann
eine Mitgift, die könnte sich sehen lassen.

So viele Worte, denkt Frieda. So viele schöne Worte,
dabei geht es ihm nur um eines: um ein eigenes Schiff.
Er will es haben, unbedingt.
Alles andere wird zurechtgebogen, hübsch geredet.
Es geht ihm nur um das Boot.

Ihr Blick fällt auf den Korb mit dem Nähzeug.
Sie hätte die Arbeit am Wochenende fertig machen müssen.
Morgen muss sie es zur Frau Kommerzienrat
zurückbringen. So ist es ausgemacht.

Plötzlich will sie nur noch schlafen.
Der bohrende, abwartende Blick ihres Mannes
quält sie. Was soll sie schon sagen.
Was gibt es schon zu sagen.

„Frieda?"

Sie holt tief Luft und seufzt.
„Du büst dei Mann", sagt sie schließlich.
„Wenn du ein Schipp kopen wüllst,
wirst du eben ein Schipp kopen."

Julius schüttelt den Kopf,
beugt sich vor, ihr entgegen.
„Nee, Frieda", widerspricht er heftig,
sieht sie eindringlich an. „So geit dat nich.
Daför is dat to groot.
Dat mutten wi beid wullen. Du und ick."

„Ick will kein Schipp", sagt sie.

„Willst du nich tominnst drüber nachdenken", fragt er,
„een Nacht, een Dag. Wi müssen nix overstörten."

„Nee, ick will dat nich", stößt sie unwillig hervor.

Die Enttäuschung fällt wie ein Schatten
über sein Gesicht. Das versetzt ihr einen Stich.

Julius seufzt, lehnt sich wieder zurück.
„Also goot", meint er schließlich. „Dann is dat so."

Aber er hat noch etwas auf dem Herzen.
„Nur eins, ick möchte Per Hansen inladen, hierher.
Dat du den to kennen kriegst.
Nächsten Samstag würd ick seggen.
Dat kunn henhauen, jo?"

Misstrauisch blickt sie ihn an.
Was soll das nun geben?
Warum soll der Mensch hier in ihre Wohnung kommen,
wo doch alles vom Tisch ist, die ganze verrückte Idee?
Aber nicht auch noch das kann sie ihm verwehren,
einen Kollegen einzuladen.

„Jo", nickt sie. „Söll hei kummen.
Aver ick gah nu schloapen, Julius.
Is doch alls kloar nu, jo?"

„Jo", bestätigt ihr Mann,
ohne sie anzusehen. „Is alls klar.
Dann slape goot."

4.   Kapitel: Fünf Würstchen für die Suppe

Im trüben Licht
dieses Montagmorgens mit seinen üblichen
drängenden Notwendigkeiten
wirken die Träumereien von Julius Berndt
nur noch abwegiger, noch versponnener als am Abend zuvor.

40

Der Sonntag ist vorüber, und die Pflichten -
vor allem das Flickzeug der Frau Kommerzienrat Gerber -
warten auf sie, verdrängen alles andere aus ihrem Kopf.

Mit Julius über diese Heimarbeit zu reden,
über den Nebenverdienst bei der Frau Kommerzienrat;
dazu gab es bisher keinen Anlass.
natürlich hat sie keine Geheimnisse
vor ihrem Mann, niemals würde sie etwas verschweigen.
Doch wozu darüber reden.

Ursprünglich war es ein Zuverdienst für ihre Schwester,
diese Näharbeit für den Kommerzienrat Gerber.
Aber Lieschen ist inzwischen verwitwet,
da reicht so eine Heimarbeit nicht mehr,
sie arbeitet nun in einer Näherei,
um über die Runden zu kommen.
Leicht ist das nicht.
Als Karl, Lieschens Mann noch lebte,
war die Schwester oft mal auf einen Sprung
herübergekommen. Selbst kinderlos und redselig,
hatte sie stets eines der Kinder auf dem Schoß,
kannte immer die neuesten Geschichten
aus der Nachbarschaft und wusste manchen guten Rat.
In letzter Zeit kommt sie seltener,
denn die Tage in der Näherei sind lang.

Die Heimarbeit hat Frieda übernommen.
Es ist ihr ganz recht gewesen. Die Pfennige,
die dadurch zusätzlich ins Haus kommen,
bringen so manches warme Essen auf den Tisch.

Der Verdienst eines Facharbeiters,
ja, wie verheißungsvoll war das gewesen.
Am Anfang ihrer Ehe fühlte sie sich fast wohlhabend,
wie eine Prinzessin, die nie wieder einen Fuß
in eine Fabrik setzen muss.
Schon in der Verlobungszeit bat Julius sie,

ihre Arbeit aufzugeben. So eilig
hatte sie es damals gar nicht.
Das Geld konnte sie doch gut gebrauchen,
weil sie für die Mitgift sparte.
Ihre Mutter hielt sie immer an,
etwas von ihrem Verdienst zur Seite zu legen,
erst recht, seit vom Heiraten die Rede war.

Julius mochte ja ein ordentlicher Handwerker sein,
der ein schönes Ehebett und Stühle zurechtzimmern konnte.
Aber an Wäsche, Gardinen und Handtücher, daran
denken Männer nicht, ganz gleich, wieviel sie verdienen.

Deshalb war das eigene Geld
so wichtig für Frieda als junge Verlobte.
Sie legte ganz sparsam jeden Groschen zur Seite,
kaufte davon Bettzeug und Leinentücher,
packte sie sorgsam in einen Korb,
deckte sie mit einer alten Wolldecke ab.

Sie hatte vorgehabt, bis zur Heirat
in der Fabrik zu bleiben,
vielleicht sogar bis zum ersten Kind,
aber Julius wollte es nicht.

So kündigte sie also und empfand dabei
auch eine gehörige Portion Stolz,
als sie in der Zahlstube den letzten Lohn abholte.

Der Buchhalter, ein gehässiger kleiner Mann
mit spärlichen geölten Haaren,
die er sich mit drei Fingern hinter die Ohren strich,
kniff die schmalen kurzsichtigen Augen zusammen,
während er sie musterte.

„Na, da hat wohl eine das große Los gezogen.
Hat es nicht mehr nötig zu arbeiten,
das kleine Fräulein?"

„Hei is ein Facharbeiter", erklärte sie lächelnd.

„Schiffszimmermann."

Sie rechnete mit einem freundlichen Wort,
wenigstens jetzt, zum Abschied,
obwohl dieser Pfennigfuchser,
der die Lohntüten so widerwillig austeilte,
als gäbe er sein eigenes Geld davon, noch nie
ein freundliches Wort für sie gefunden hatte.
Auch diesmal blieb sein schräges Grinsen
boshaft und gemein. Er zog verächtlich
die Oberlippe hoch, bis seine gelben Zähne
sichtbar wurden, schob das Geld in ihre Richtung.
Dann schnaufte er kurz und wissend.

„Nach dem dritten Kind kommste wieder angerannt",
prophezeite er und nickte dabei,
als müsse er seinen Worten noch Nachdruck verleihen.

Frieda griff nach ihrem letzten Lohn,
presste ihn sich gegen die Brust. Ihr Herz klopfte,
als sie sich wortlos abwandte, weil ihr nichts einfiel,
keine Entgegnung, kein Widerspruch,
weil sie keine Worte fand,
wie so oft.

Abends in den Armen ihres Verlobten,
suchte sie an seiner nackten Schulter Trost,
nachdem sie sich geliebt hatten,
drängte sich an seine warme Haut,
erzählte ihm von den Worten des Buchhalters.

Julius lachte leise, streichelte ihr über das Haar.
„Wat för ein schittiger Torfkopp",
seufzte er. „Nei, dat maken wi nich,
mien Frieda, da geihst du nich wedder torügg.
Nooit wedder."

Eine solche Leichtigkeit klang in seinen Worten,
alle Last nahm seine Stimme ihr von den Schultern,

ihre Verzagtheit löste sich auf wie Nebel im Sonnenschein.

Doch ein Funken Wahrheit
steckte leider doch in jener Vorhersage des Buchhalters,
seine kalten Worte spiegeln am Ende nichts anderes
als die gnadenlose Wirklichkeit.

Es gibt sie nun eben doch, die Tage,
an denen Frieda mit Wehmut zurückdenkt
an ihren Verdienst in der Fabrik.

Gut könnten sie das Geld jetzt brauchen.
Aber Julius würde es nicht erlauben,
dass sie wieder in eine Fabrik geht,
sie wüsste auch nicht, wohin nur mit den Kindern.

Da ist ihr die Näharbeit ganz recht.
Das kann sie zu Hause erledigen,
während die Kinder spielen oder Hausaufgaben machen,
während die Suppe köchelt,
oder die Wäsche einweicht. Der Verdienst
ist nur ein Tropfen auf dem heißen Stein,
kein Vergleich zu dem Geld damals
in ihrer Lohntüte. Aber es ist besser als nichts.

Frieda ist immer noch an ihrem Flickzeug,
als die Schulkinder in die Wohnung gelaufen kommen.
Hungrig sind sie. Es gibt Butterbrote
für alle. Sehnsüchtig starrt Else in den Kochtopf.

„Warum denn nur zwei Würste?" fragte sie.

„Ein för'n Vadder un ein för de Kinners", erläutert Frieda.

„Nur ein Zippel für jeden",
stellt das Mädchen enttäuscht fest.

„Ick nehm die Mitte", erklärt Edmund,
stellt sich wichtig neben seine Schwester.

Die stößt ihm wütend den Ellenbogen in die Seite.

44

Empört ballt der Junge die Fäuste.
Frieda schiebt die beiden Streithähne auseinander.

„Esst de Stull, ick mut no bügeln,
Elseken, du helpst mal bedder bei dat Flicken,
bei dat Kissen is dei Nahd ufgangen,
dat kannste maaken."

Else will eigentlich lieber an die Hausaufgaben,
sonst gibt es morgen was auf die Finger,
mit dem langen Stock,
das will sie auf keinen Fall riskieren.
Aber das Nähzeug ist schließlich doch wichtiger,
denn dann gibt es morgen fünf Würstchen
in die Suppe, für jeden eins,
das verspricht die Mutter.

Nach der Mittagspause ist es geschafft.
Sorgfältig gefaltet liegt das kostbare Leinen im Korb.
Die beiden kleinen Mädchen
jagen sich kichernd um den Küchentisch. Edmund reitet
auf dem Stubenbesen, seine Jacke hat er
seitlich über der Schulter gehängt. Er ist ein Husar,
stürmt mit grimmigem Gesichtsausdruck
den Feinden entgegen, während er
mit der Zunge im Gaumen das Geklapper
der galoppierenden Hufe nachahmt.

Die Mutter stellt das heiße Plätteisen auf die Fensterbank,
damit es abkühlen kann,
wischt sich die verschwitzten Hände an der Schürze ab.
Sie öffnet die Tür zur Schlafkammer.

Da sitzt die Älteste auf dem Bett
in das Schulbuch vertieft. Das lange, lockige Haar
verdeckt ihr Gesicht wie ein schützender Vorhang.
Einen Augenblick verharrt die Mutter.
Sie will das Kind nicht stören.
So stolz ist sie auf den Eifer, mit dem Else

sich dem Lernen widmet.

Drei Jahre nur ist sie selber zur Schule gegangen,
kein Geld gab es damals für Schulbücher,
keine Zeit zum Lernen. An das Zischen
des Rohrstocks kann sie sich gut erinnern.
Kaum aber an die Zahlen, nicht an die Buchstaben.

Aber Else, die saugt alles auf,
hütet ihr Wissen wie einen Schatz.
Trotzdem soll die Älteste jetzt auf die Kleinen Acht geben,
die Mutter muss hinunter in den Keller.
„Lass doch die Tür offen", schlägt Else unwillig vor.
Sie ist noch nicht fertig geworden,
ganz blass ist das Mädchen.

Die Mutter nickt.
Hinunter geht es bis in den Keller.
Der Handwagen ist schwer und sperrig.
Frieda wuchtet ihn den Treppenabsatz hoch,
indem sie ihn zieht,
Stufe für Stufe,
Ruck für Ruck.

Endlich steht er im dunklen Hausflur
vor der großen Eingangstür. Sie schnauft kurz,
dann steigt sie wieder hinauf,
um Kinder und Wäschekorb zu holen.
Plötzlich tönt ihr lautes Gekreische entgegen,
vierstimmig. Frieda hört Panik und Entsetzen
in den Schreien.
Das heiße Eisen -
wie ein schmerzhafter Pfeil schnellt ihr
dieser Gedanke durch den Kopf.
Die Erinnerung.
Eine schreckliche Erinnerung…

Schon rafft sie ihren Rock, nimmt zwei Stufen auf einmal,

rennt atemlos stolpernd in die kleine Wohnung hinein.
Ihr Blick erfasst die Kinder. Alle Köpfe, Hände, Finger,
unverletzt, in den Gesichtern der Schrecken.
Ein Geruch zieht ihr verräterisch in die Nase,
Dann sieht sie das Malheur: Das heiße Eisen,
es ist auf die frisch zusammengelegte Wäsche gefallen.
Hastig greift sie nach einem Handtuch,
nimmt das Eisen damit hoch, zurück damit
auf die Fensterbank.
„Dat was Eddi mipm Besen",
erläutert Lotte bereitwillig in die plötzliche Stille hinein.
Der kleine Husar starrt auf seine Füße.
Seine Unterlippe schiebt sich nach vorn.

Else beugt sich besorgt über den Wäschekorb,
aber die Mutter hat es schon längst entdeckt:
Auf dem obersten Laken ist eine bräunliche Spur, dort,
wo das Eisen gelandet ist, sind die Fasern versengt.

Stille. Es ist geschehen und wird auch nicht besser
durch lautes Schimpfen, durch Strafen oder Vorhaltungen.
All das hält nur auf, macht den Tag noch mühsamer
und rettet doch nichts mehr.

Sie nimmt den Korb, wie er ist.
Else zieht sich ihre Jacke über,
dann bindet sie den kleinen Schwestern
die Schuhe und knöpft ihre Jacken zu.

Frieda schiebt ihrem Sohn
mit ihrer freien Hand die Jacke
über die zweite Schulter
und lässt ihn in die Ärmel schlüpfen.
Er schielt vorsichtig zu ihr hoch. Noch immer
zittert seine Unterlippe. Sie bringt es nicht fertig,
ihm böse zu sein, aber ihr fällt auch nichts
Tröstliches ein.
„Denn man tau!"

Der Abstieg das Treppenhaus hinunter:
eine kleine Prozedur. Lotte hält sich
mit beiden Händen an den Sprossen des Geländers fest.
Else fasst sie zur Sicherheit am Kragen, dass bloß nicht
noch mehr passiert! Frieda hat Käte an der Hand,
für deren kurze Beine sind die Stufen
noch hoch und beschwerlich, bei jeder dritten Stufe
stolpert sie. Eddi greift den Rock der Mutter,
das ist sicherer.

Die Sonne ist hinter den Häuserschluchten verschwunden.
Der Abendhimmel leuchtet noch frühlingshaft blau,
die Straßen des Arbeiterviertels sind schattig und düster.
Ein kalter Wind kommt auf, als Frieda den Handwagen
anzieht und sich auf den Weg macht.

Natürlich bekommt man den Kommerzienrat Gerber selber
nicht zu Gesicht. Ganz sicher kümmert er sich
um anderes als darum, wer seine Laken flickt.
Auch seine Frau hat Frieda noch nie gesehen,
sie ist auch noch nie die breite Treppe
mit dem geschwungenen Geländer zu der
mit Ranken verzierten zweiflügligen Haustür
hinaufgegangen.
Nein, sie zieht ihren Karren
hinten um das Haus herum zur Hintertür,
wo ein kleines Gaslicht brennt und den Hinterhof
schummrig beleuchtet.

Die Wirtschafterin öffnet ihr,
eine hochgewachsene, kantige Gestalt
mit streng aus der Stirn frisierten Haaren
und schmalen, blassen Lippen.
Die Augen stehen eng beieinander,
mustern die Eintreffende kühl.
Unter diesem Blick fühlt Frieda sich unbehaglich.
Die Zusammentreffen an der Hintertür
erleichtern ihr ihren Auftrag nicht.

Sogleich weist sie auf den Fleck hin,
den das Plätteisen hinterlassen hat,
eilig fast, ein Missgeschick beim Bügeln,
bloß kein Wort von den Kindern, der kleine Husar
mit seinem Besen bleibt unerwähnt.

Gerade eben noch unten an der Biegung
hat Else eifrig geflüstert, es sei ja nun schon dunkel,
die Frau würde vielleicht gar nichts merken.

„Nei, Else", ganz vorwurfsvoll entfuhr es Mutter,
„sowat maaken wi nich, wi sünd uprechte Lüü."
Aber unter den Blicken dieser Frau dort
auf der Treppe im milchigen Licht
wird solche Wahrheitsliebe zur Qual,
die Schärfe in der Stimme, wie Hiebe jedes Wort.

„Herrje, das gute Stück", so jammert sie,
als sei es ihr eigen Hab und Gut, das verdorben wurde.
„Na, dafür, Frau Berndt, da kommen Sie mir aber auf,
und zukünftig dann aber wohl mehr Sorgfalt
mit dem Eigentum anderer Leute, möchte ich meinen,
nein, das ist aber doch ein bitterer Verlust."

Kopfschüttelnd, die Stirn in Falten gelegt,
zieht sie Münzen aus ihrem Beutel, legt sie
der geduldig Wartenden in die ausgestreckte Hand.

Da starren sie alle beide, Mutter und Tochter,
Else und Frieda, auf die kärglichen Geldstücke,
kaum mehr, als ein Kind bekommt,
das auf der Straße fremder Leute Schuhe putzt
mit einem räudigen Lappen und etwas Spucke.
Fassungslos sieht Frieda auf.

„Habe ich doch gesagt, Sie müssen dafür aufkommen.
Was gucken Sie denn so. Das ist feines Leinen,
Frau Berndt, feines Leinen."

„Dann hört dat Laken mi", entgegnet Frieda.

Schließlich hat sie das Laken ja nun bezahlt.
Daraus kann sie den Kindern Unterwäsche nähen.

Die Wirtschafterin stemmt die Fäuste in die Seite.
„Ja, höre sich das einer an, da meint doch eine glatt,
ich verkauf' hier an der Hintertür
die Weißwäsche meiner Herrschaft,
will die noch ein Geschäft machen
aus ihrer Schlamperei, da wird wohl eine frech,
will nicht bezahlen, was sie angerichtet hat.
Was denken Sie, wie stehe ich jetzt da?
Da muss ich der Herrin ja wohl beichten,
dass das gute Leinen verdorben ist,
unangenehm für uns alle, jawohl,
nicht nur für Sie, da denken Sie gar nicht dran,
aber unsereins, wir meinen's ja noch gut,
man ist ja kein Unmensch, man kann ja sehen,
wie Sie es brauchen, das Geld, bei den vielen Mäulern,
da will man ja helfen, aber alles, was Recht ist,
das sehen Sie doch ein, ich kann ja nichts verschenken,
aber wissen Sie, - - Ihre Älteste - -
die macht doch einen ganz patenten Eindruck,
könnte mir ja zu Hand gehen, zwei, drei Tage die Woche
ich bräuchte ein Mädchen für kleine Dienste,
brächte das Kind ein bisschen Geld nach Hause,
wäre doch gut, man will ja auch helfen,
hat ja kein Herz aus Stein."

Der Schreck fährt der Mutter durch die Glieder.
„Dei Else geiht in dei School", wendet sie ein.

Das Mädchen könne nach der Schule kommen,
gibt die andere zurück. Ihr Gesicht
hat jetzt etwas Hartnäckiges, Unerbittliches.
Sie hat einen kleinen Fisch an der Angel,
von dem sie nicht mehr lassen will.

„Else is tau lütt", klingt die Stimme

der Mutter nun schon schwächer. „Ick bruke sei och
för dei Lütten."

Die andere lässt nicht nach,
sie will keine Widerworte, nicht von so einer.
„Seien Sie nicht dumm. Das hat noch keinem Kind
geschadet, zur Hand zu gehen. Das macht sie daheim
bestimmt ebenso. In einem Haus wie diesem,
da kann aus einem Mädchen auch etwas werden,
wenn sie sich nicht allzu dumm anstellt."

„Ick bruke sei daheim.
För dei Lütten."
Frieda schiebt das erhaltene Geld
in ihre Rocktasche. Mehr wird es ja doch nicht.
„Hewwen Se denn nu Nähzeug för mi?"

„Heute nicht", kommt es kalt zurück. „Kommen Sie morgen.
Denken Sie über mein Angebot nach."
Dann ist die Tür zu. Das Gaslicht flackert.

Morgen also wieder hierher...
Niemand bezahlt ihr den Weg,
niemand bezahlt für das Bügeln.
So viel Arbeit, so wenig Münzen in der Tasche.
Die kleine Schar ist bedrückt auf dem Rückweg.
Edmund sitzt nun bei seinen Schwestern im Wagen.
Das Laufen ist ihm zu schwer geworden.
Else hilft der Mutter beim Ziehen.

„Könnte ich doch machen", meint das Mädchen
in die abendliche Stille hinein,
als sie sich ihrem Viertel nähern.

„Wat denn?" fragt die Mutter zerstreut.

„Na, der Frau helfen in dem großen Haus ..."

Frieda blickt sie an, ihre Tochter, ganz kurz,
dann sagt sie: „Nei, Elseken."

Das kleine Mädchen hat sich also täuschen lassen
durch den weißen gestärkten Kragen
und das hochmütige Gesicht.
Alles Blendwerk, denn Dienerin bleibt doch Dienerin,
auch mit einem Schlüsselbund am Gürtel.

Für ihre Tochter hat Frieda andere Pläne.
Die wird nicht in einem fremden Haus
waschen und putzen, in einer Abstellkammer schlafen,
sich schubsen lassen, gestoßen werden. Ihre Else,
die ist doch jetzt schon schlauer
als ihre Mutter und ihr Vater zusammen,
die wird etwas lernen, etwas Richtiges.
Mit einer frisch gebügelten Bluse
wird sie in einem Büro stehen,
wird sich über wichtige Zahlen beugen,
während durch hohe Fenster die Sonne hineinscheint.

Der Hochmut dieser fremden Frau
dort am Hintereingang des vornehmen Hauses
nährt sich nur aus der Schar der niedrigeren Dienstmägde,
über die sie gebietet und herrscht.
Ein paar Sprossen auf der Leiter mag sie
emporgeklettert sein,
aus tiefem Dreck in weniger tiefen Dreck.
Frieda weiß das alles,
aber sie kann es dem Kind nicht erklären.

Sie ist zu müde. Ihr fehlen die Worte.
„Et is, wie et is. Ich bruke di daheim
för dei Lütten. Dat is alls."

Die Häuser um sie herum werden nun höher,
die Straßen enger und verwinkelter.
An einer Hauswand stehen Lumpenbeutel.
Vorsichtig manövriert Frieda
den kinderbeladenen Handkarren drum herum.
Dafür dreht sie sich um, zieht das Gefährt, rückwärtsgehend,

wirft dabei einen Blick auf ihre kleine Schar.

Käte und Lotte sind eingeschlafen.
Das sanfte Ruckeln der Wagenräder,
das unentwegte Schaukeln hat sie wohl eingelullt.
Sie liegen ineinander verschlungen,
halb auf ihrem älteren Bruder,
halb aufeinander, als seien ihre Köpfe
einfach schlaftrunken irgendwohin gesunken,
wo es weich ist. Dort liegen sie nun,
wackeln leicht hin und her
im Rhythmus der abendlichen Fahrt.
Nicht einmal das ferne Glockengeläut weckt sie,
das die Katholiken zur Abendmesse ruft.
Über ihnen klappt ein sperriges Fenster
mit einem lauten Ruck zu.
Aus einigen Fenstern scheint jetzt
ein milchig gelbes Licht auf die dunkler werdenden Wege.

Edmund starrt vor sich hin. Seine Unterlippe
ist immer noch vorgeschoben.
Er zählt stur die Knöpfe an den Jacken seiner Schwestern,
rauf und runter,
runter und rauf.

Plötzlich fällt ihm etwas ein, er schaut auf.
„Dei Würschtchen, Muddi, dei Würschtchen för morgen."

Niemand antwortet ihm.
Die Mutter hat sich bereits wieder umgewendet.
Der Handwagen ruckelt weiter über das holprige Pflaster.

Eddi fragt kein zweites Mal.

5. Kapitel: Die Küchenbank

Frieda putzt,
als sitze der Teufel ihr persönlich im Nacken.
Überall findet sie noch schmutzige Ecken.

Dass sie am Freitag nicht einmal
die wöchentliche Wäsche einweicht,
das wird sich rächen. Das bedeutet:
Sonntag eine Wascherei bis tief in die Nacht.

Was soll's. Hauptsache am Samstag,
da darf's doch nicht nach Seifenlauge riechen,
gerade, wenn der Gast kommt?

Ihre Finger sind wund und rot
vom vielen Schrubben.
Eine Mischung aus Asche und Fett
hat sich rund um die Küchenhexe gelegt,
auf alle Flächen und in alle Ritzen.
Wie eine Plage, wie ein Fluch.
Und viel Scheuermittel hat sie nicht zur Hand.

Am Ende ist sie trotzdem ganz zufrieden
mit ihrem Werk. Ein neues besticktes Deckchen
liegt auf dem Tisch. Alle Fenster sind geputzt,
sogar die Scheiben in ihrem Küchenschrank.

Alles für den Gast.

Viel Besuch hatte es bisher nicht gegeben.
War ja auch kein Ort dafür: eine Wohnung,
wo jedes Jahr ein neues Kind in der Wiege liegt,
eines an der Brust, das andere im Bauch,
in einem fort nasse Windeln,
Berge von Tüchern und Höschen,
ein Teil im großen Topf kochend auf der Küchenhexe,
ein anderer tropfend auf der Leine.
Dazwischen die Kleinen selber,
krabbelnd, kreischend und zankend…
Nein, ein einladendes Heim
ist die Berndt'sche Stube bisher nicht gewesen.

Jetzt aber: ein Gast.

Ein besonderer noch dazu.
Einer, den sie noch gar nicht kennt,
eigentlich auch gar nicht kennen will.

So ein unerklärlicher Widerspruch:
Ausgerechnet für ihn putzt sie
wie eine Besessene,
als dürfe er über kein einziges Staubkorn stolpern.

Mit ungewohnter Strenge ermahnt sie die Kinder,
bloß nicht zu kleckern oder zu krümeln,
keine Unordnung zu hinterlassen.

Worüber nur soll sie reden mit dem Fremden?
Julius hat versprochen:
Sie werden nicht versuchen, Frieda zu überreden.
Der Kutter ist vom Tisch.

Heute gibt es kein Bad für die Kinder,
kein Schildkrötengang für den Vater
durch das Treppenhaus. Da hilft kein Betteln
und Quengeln. Los, an die Waschschüssel.
Das muss reichen. Hinterher sogleich ins Bett.

Julius schaut prüfend über seine Zeitung hinweg.
„Wat is? Büst de hibbelig, mien Frieda?"

I woher denn.

Tausend Fragen haben die Kinder,
als sie schon in den Betten liegen.
„Wrüm lädt de Vadder hum denn ein?"
„Isser ook Schiffszimmermann?"
„Boen se tosamm Schippe?"
Frieda weiß keine Antworten.
Sie lässt die Kinder die Hände falten.
„Müde bin ich, geh zur Ruh'…",
murmeln die Kinder vor sich hin.
Ein Singsang, ein Ritual,
das den Tag beendet und die Nacht einläutet.

„Amen", sagt die Mutter.

Nebenan geht die Tür auf.
Durch die geschlossene Schlafzimmertür
hört sie Julius' Begrüßungsworte. Jemand antwortet.
Kurzes Lachen, undeutliches Gemurmel.
Die andere Stimme klingt fremd.
Der Gast ist da.

Sie wartet,
bis der Atem der Kinder gleichmäßiger geht,
sitzt noch auf der Bettkante,
streicht Käte eine kleine verklebte Strähne
von der Wange.

Leise erhebt sie sich.
Im Zimmer ist es halbdunkel, die Vorhänge sind zugezogen,
ein mattes Licht scheint durch die Ritzen.
Sie tritt an den Spiegel, beugt sich
nah heran. Das Gesicht im Spiegel
ist schattig und merkwürdig fremd.

Sie findet nicht oft die Zeit,
sich selbst zu betrachten, ein hastiges Herrichten
der Haare, ein prüfender Blick, ob das Backen
keine Mehlflecken hinterlassen hat, ob die Zähne
sauber sind, keine Haarsträhne in die Stirn
oder in den Nacken hängt.
Jetzt aber nimmt sie sich die Muße,
begegnet dem eigenen Blick,
betrachtet die weichen, sanften Gesichtszüge,
die runden Wangen, die vollen Lippen.
Die junge Frau auf der anderen Seite:
viel zu ernst, zu besorgt. Was hat sie denn nur,
die kleine Frau dort im Spiegel?
Frieda versucht, ihr aufmunternd zuzulächeln.
Das Lächeln, das der Spiegel zurückwirft,

gefällt ihr. Sie schiebt sich eine Haarlocke
aus der Stirn, zieht den Spitzenkragen gerade,
selbst geklöppelte Spitze an einem schlichten Kleid.

„Machst du dich für ihn hübsch?"
wispert plötzlich eine kleine neugierige Stimme.
Frieda fährt herum.
„Else", zischt sie. „Schloapen sollste!"
„Eddi macht sich so breit", jammert das Mädchen.
Seufzend schiebt Frieda den kleinen Jungen zurück.
Julius hat recht: Lange können Schwester und Bruder
nicht mehr in einem Bett schlafen.
Wohin ein weiteres Bett stellen?
Oder brauchen sie eine zweite Küchenbank wie die,
auf der Julius Nacht für Nacht schläft?

Die Küchenbank,
auf der ihr Mann schläft,
Nacht für Nacht…

Die Küchenbank,
eine Notlösung nur, zumindest anfangs.

Mit Elses Geburt fing es an. Wie gern
denkt Frieda an jene erste Geburt zurück,
so umsorgt war sie, umgeben von den beiden älteren Frauen,
der Mutter und der Hebamme.
Stark und jung war sie gewesen,
allen Schmerzen und Mühen hatte sie getrotzt.

Als Julius vom Hafen kam,
war das Werk vollbracht. Die kleine Else,
dunkel und faltig, die Stirn bedeckt
mit einem weichen dunklen Haarflaum
lag in weiße Decken gehüllt in Friedas Arm.
All die beschmutzten Handtücher und Laken

hatte die Mutter in den Wäschesack gestopft
und vor die Tür gestellt.
Das wollte sie der Tochter abnehmen,
das leidige Schrubben auf dem Waschbrett
war kein Geschäft für eine Wöchnerin,
ganz und gar nicht.
Der Fußboden war bereits gereinigt,
das Neugeborene gebadet,
die junge Mutter gewaschen und versorgt.
Es roch nach nichts anderem als nach Suppe,
Kaffee und warmer süßer Muttermilch.

Stolz war die junge Frau, glücklich.

Wie vollkommen scheint dieser Augenblick
ihr jetzt noch nach all den Jahren!
Als wäre es erst gestern gewesen,
so genau sieht sie es vor sich: Auf der Küchenhexe
köchelte das Abendessen, von Friedas Mutter zubereitet.
Warm leuchtete es aus den Augen des Schiffszimmermannes,
als er an das Bett trat. Er strich seiner Frau
eine Strähne von der Wange, setzte sich an ihre Seite
ungewohnt stumm, fast schüchtern. Sie legte ihm
das kleine Bündel in die Armbeuge. Er hielt es,
betrachtete das Gesichtchen,
die wachen ernsten Augen des neugeborenen Mädchens
mit dem erstaunten Blick eines Mannes, der feststellt,
dass etwas so Winziges größer und bedeutsamer sein kann
als alle sieben Weltmeere zusammen.

Die Mutter nahm das Bettzeug ihres Schwiegersohnes
aus dem Ehebett,
platzierte Kissen und Bettdecke auf der Küchenbank.
Denn so war sie.
Sie wusste, was zu tun war.

Julius, gerade bei der abendlichen Pfeife, sah auf,
beobachtete das Treiben seiner Schwiegermutter,
meinte schließlich mit leichtem Spott:
„Wat meinste woll, wat ick bin.
Ein Undeer?"

Die ältere Frau zuckte mit den Schultern und
verabschiedete sich.

Frieda sagte nichts
zu der neuen Schlafstätte. Nur ihr Blick
flog zu ihrem Mann hinüber, als ihre Mutter
den Wäschebeutel schulterte und ging.

Frieda und Julius betrachteten sich
einen Augenblick lang, dann nahm er die Pfeife
aus dem Mund.
„Hest goot maakt, mien Frieda."

Sie lächelte dankbar, wollte sich gerade zu ihm setzen,
da hob aus der Schlafkammer ein forderndes Quäken an.

Nach ein paar Wochen zimmerte Julius
eine Wiege für seine Tochter,
die jetzt schon runde Wangen hatte,
die schon lächeln und brabbeln konnte.
Darin schlief das kleine Mädchen, ganz nah
am elterlichen Bett. Julius kehrte zurück
an die Seite seiner Frau.
Sie feierten diese Rückkehr miteinander
hingebungsvoll und froh, zugleich bemüht,
es nur nicht zu wecken,
das schlummernde Töchterchen.

Im Frühjahr begann das Husten,
Friedas Mutter legte sich ins Bett,

um nie wieder aufzustehen. Noch bevor
der Sommer seine ganze Kraft entfaltete,
erlag sie ihrem Leiden. Ihr Tod
legte einen Schatten auf Friedas Leben.
Mutterlos war sie nun, das tat weh.

Ihre Schwester Lieschen
stand ihr zur Seite, als sie im Januar
mit Edmund niederkam.
Danach war die junge Frau auf sich gestellt.
Haushalt und Kinder zehrten an ihr,
verschlangen sie mit Haut und Haaren.

Niemand nahm ihr das Waschbrett
aus der Hand, weil eine solche Arbeit
doch zu schwer sei für eine Wöchnerin.
Kochende Seifenlauge auf der Küchenhexe.
Unter der Stubendecke vollgehängte Wäscheleinen.
Sie brachte Julius kein Mittagessen mehr
zum Hafen, nur am Abend
kochte sie für ihn. Während er aß,
saß sie ihm müde gegenüber,
den fordernden Säugling an ihrer Brust,
an der anderen Seite ein eifersüchtiges kleines Mädchen,
noch wackelig auf den eigenen Beinen, verzweifelt
an ihr reißend, den kleinen Bruder zwickend,
weil der viel zu viel bekam von der Mutter.
Zwischen zwei unruhigen Kindern aber
wölbte sich erneut Friedas Bauch.

„Frau Berndt", sagte ihr Arzt
mit großem Ernst, „ hiernach muss Schluss sein.
Mag sein, Sie fühlen sich noch jung und gesund.
Sie können in zehn Jahren noch gebären,
aber nicht zehn Jahre hintereinander.
Nicht jedes Jahr. Reden Sie mit Ihrem Mann.

Versprechen Sie mir das.
Nach diesem Kind ist Schluss."

Frieda versprach es. Denn er hatte Recht.
Sie spürte es in den Knochen, an der Müdigkeit,
die lähmend über sie kam.
Das Geschrei der Kinder klang manchmal
unerträglich schrill in ihren Ohren,
ihre Hände waren wund und zerschunden
von der Arbeit am Waschbrett.

Im Herbst wurde Lotte geboren.
Der Winter brachte Fieber und Halsweh,
Husten, Schnupfennasen, Ohrenschmerzen,
Erbrochenes auf Decken und Kissen,
durchweinte Nächte.
Aber trotzdem:
Obwohl der Wäscheberg immer mehr anwuchs,
der Winter mit all seinen Härten
über sie hereinbrach, trotzdem
wurde es ruhiger in ihrem Leben,
als habe ihr Alltag – trotz aller Last und Mühen –
wieder einen Rhythmus gefunden. Edmund und Else
spielten nun unter dem Tisch mit Bauklötzen
und Strickpuppen, mit einem Mal ganz friedlich.
Wenn die Mutter das Lottchen stillte
oder kochend an der Küchenhexe stand,
dann sang sie den Kindern Lieder vor, erzählte
Geschichten und lachte herzlich
über die Kaspereien des kleinen Jungen.
Sie wickelte Eddi und Lotte auf einer dicken Decke
auf dem Fußboden, während Else
wichtig auf ihrem Blechtöpfchen saß,
mächtig stolz darauf, die Älteste zu sein.

Julius baute ein Bett in die Kammer

für Edmund und Else. Die kleine Lotte schlief in der Wiege,
die Eheleute waren wieder vereint, fühlten sich reich
und gesegnet, umgeben von ihrer Kinderschar,
eingehüllt in das leise nächtliche Atmen um sie herum.

Nun musste sie mit dem Mann reden,
wie der Arzt es verlangt hatte,
kein leichtes Gespräch über ein Thema,
für das es keine Worte gab.
Sie suchte also nach den richtigen Sätzen,
dem richtigen Moment, war noch am Suchen,
als ihre Monatsblutungen ausblieben.
Es war zu spät.

Die Erkenntnis trieb ihr einen Schauer über den Rücken.
Angst machte ihr die neue Schwangerschaft.
Scham erfüllte sie so sehr.
Kein Tag verging mehr ohne Schmerzen.
Ihr Körper protestierte, ihre geplagte Hüfte litt,
zudem ihre Knie, ihr Rücken. Eine Tortur
vom frühen Aufstehen an bis in die tiefe Nacht.

Sie biss die Zähne zusammen,
wenn die vollen Töpfe und Wäschekörbe
gewuchtet werden mussten.
Auf dem Rückweg vom Einkaufen
hielt sie immer wieder mitten auf der Straße
schwer schnaufend inne. Stand sie dann
am Fuße des dunklen Treppenhauses
mit vollen Körben und den drei
müden, quengelnden Kleinkindern,
von denen das Jüngste noch nicht laufen konnte,
dann erschien ihr jede einzelne Stufe
bis zu ihrer Wohnungstür
wie ein unüberwindliches Hindernis.

Zum ersten Mal fühlte sie sich alt.
Streckte Julius abends im Bett zärtlich
die Hand nach ihr aus, drehte sie ihm
den Rücken zu und stellte sich schlafend.

Als aber die Fruchtblase platzte, und sich
– zum Schrecken ihrer kleinen Kinder –
das Wasser in der Stube ergoss,
da wusste sie gar nicht, wie sie sich helfen sollte.
Julius war auf einem Schiff
nach Berlin unterwegs,
Lieschen bei ihrem Mann, der im Sterben lag.
Was blieb ihr übrig, als selber die Pfütze aufzuwischen,
während die ersten Wehen durch ihren Körper jagten.
Else versuchte eifrig und unbeholfen,
die jüngeren Geschwister zu beruhigen.

In ihrem letzten sauberen Kleid
nahm Frieda ihre kleine Schar,
klingelte bei der Nachbarin, erklärte
der finster dreinblickenden Kaluschke
ihre missliche Lage, bat sie darum,
die Kinder aufzunehmen.
Nur bis es vorüber sei.
Es könne nicht lange dauern.
Es sei ja auch schon das vierte Kind,
das käme ganz schnell.
Das sagten alle.

Die Kaluschke blickte auf die Schwangere,
auf die verschreckten Kinder.
Vom vielen Weinen lief der Schnodder
aus den wunden Nasen, um die Münder herum
klebte Kartoffelbrei.
Eine erneute Wehe verzerrte Friedas Gesicht.
Das überzeugte die Nachbarin

von der Dringlichkeit der Lage.
Lotte und Edmund klammerten sich kreischend
an den Rock der Mutter, als diese gehen wollte,
bis die Kaluschke die sich windende Jüngste
auf den Arm nahm.
Else zerrte ihren widerstrebenden Bruder
in die fremde Wohnung.

„Wenn ick ji hole, hewwen wi ein neuet Kindje",
versprach die Mutter, bevor die Tür zuklappte.

Die vierte Geburt ist ein Kinderspiel
sagten alle - und alle logen,
denn die Schmerzen zerrissen sie,
sie wollte einfach nicht mehr,
wollte aufgeben, davonkommen.
„Nee, nee", schüttelte die Hebamme den Kopf,
„Da gibt's kein Entwischen.
Raus muss das Kind, ob mit oder ohne Gejammer.
Drinbleiben kann's ja nicht.
Wat mutt, dat mutt."

Niemand
nahm die schmutzige blutige Wäsche mit.
Niemand
bereitete eine Suppe oder wechselte das Bettzeug
nach der Geburt. Alles roch nach Blut,
Schweiß und Fruchtwasser.
Kaum hatte die Hebamme sie verlassen,
stand die Kaluschke in der Tür,
brachte die drei Kinder zurück.
„Na, das hat ja gedauert", murrte sie,
sah neugierig auf das Bündel in Friedas Armen.
„Was ist es denn nu' geworden?"

„Ein Mäken", erklärte die Wöchnerin

64

mit einem erschöpften Lächeln.
Die Geschwisterkinder kamen zögernd näher,
strichen - von der Mutter ermutigt -
über den weichen Haarflaum des Neugeborenen,
bewunderten und betasteten die winzigen Finger.

Als die Kaluschke fort war,
legte Frieda sich das Baby an die Brust.
Mit dem ersten Saugen des neuen Kindes
schossen die Nachwehen durch ihren Körper
mit einer Wucht, dass sie nach Luft schnappte.

„Was ist?" fragte Else mit großen erschrockenen Augen.
„Alls gut", sagte die Mutter und spürte,
wie es vor ihren Augen dunkel wurde.
Sie atmete tief und gleichmäßig,
bis sie wieder ein klares Bild sah
und die Schmerzen abklangen. Nach einer Weile
erhob sie sich langsam, legte den schlafenden Säugling
in der Schlafkammer in die Wiege
und schloss die Kammertür.

Dann wickelte sie Eddi und Lotte,
deren Windeln voll und schwer waren,
schälte Kartoffeln, schürte das Feuer in der Hexe
und setzte den Topf auf den Herd,
sie machte den ausgehungerten Kindern
Butterstullen, schnitt für Lottchen die Rinde ab,
gab ihr auch noch ein paar tröstende Schlucke
Muttermilch, dann bezog sie das Ehebett
in der Kammer mit frischem Bettzeug
und weichte die übel riechenden Tücher
in einer Seifenlauge ein. Immer wieder
hielt sie zwischendurch inne, atmete,
zwang sich dann wieder ein Lächeln ab
und versuchte, die Kinder aufzumuntern,

die verzagt und unruhig waren.

Gerade begann das Kartoffelwasser zu blubbern,
als Eddi über das krabbelnde Lottchen stolperte
und sich den Kopf am Küchentisch aufschlug.
Beide Kinder schrien in den höchsten Tönen
vor Schreck und Schmerz. Frieda zog
ihren Sohn auf die Beine, betrachtete
die gerötete Stelle auf der Stirn und
wies Else an, ein Messer aus dem Schubfach
zu holen, um mit der flachen Klinge
die Beule zu kühlen, aber der kleine Junge
schrie beim Anblick des Messers
in noch schrilleren Tönen.

Dadurch weckte er das Neugeborene. Frieda hörte
durch die Kammertür das feine, hungrige Quäken,
fast übertönt vom kraftvollen Geschrei der Älteren,
da zog es in ihren Brüsten. Zugleich
wüteten die Nachwehen erneut
wie ein Orkan in ihrem Unterleib.
Sie hielt sich am Küchentisch fest,
weil alles zu schwanken begann. Ihr Sichtfeld
verengte sich, Lotte zog sich wimmernd
an ihrem Rock hoch, und Eddi –
verfolgt von seiner eifrigen älteren Schwester –
flüchtete aus Angst vor dem Messer in deren Hand
mit panischem Schreien unter die Küchenbank.

Frieda versuchte, bei Bewusstsein zu bleiben.
„Hör tau, Else", sagte sie und nahm
dem Mädchen das Messer ab.
„Ick mutt mi henleggen."

Sie schob Lotte in die Arme der älteren Schwester,
legte das Messer ins Schubfach zurück und taumelte

in die Kammer. Sie nahm das plärrende Baby
mit ins Elternbett, legte es sich dort an die Brust
und schlief sofort ein.

Alles in ihr setzte sich gegen das Aufwachen
zur Wehr, als das wehklagende Geschrei
durch die Kammertür an ihr Ohr dran. Ihr Körper
wollte nichts davon wissen und blieb unbewegt liegen,
während ihr Geist hochschreckte
und mit seinem Erwachen die Erkenntnis aufloderte:
Es war unentschuldbar.
Es war ein Fehler, sich hinzulegen,
die Kinder sich selbst zu überlassen.
Sie riss die widerstrebenden Augen auf,
die sich sofort wieder flatternd schließen wollten,
aber das Geschrei war übermächtig,
drängend und alarmierend.

Der Säugling lag schlafend in ihrem Arm,
ihre Bluse war geöffnet. Sie schob
das kleine Bündel zur Seite und erhob sich,
eilig, dann wieder zurücksinkend,
nach Luft schnappend, um sich wiederum
von Panik getrieben
aufzurichten. Mit einer Hand
stützte sie sich noch auf den Bettrand,
griff mit der anderen schon nach der Klinke,
riss die Tür auf und starrte in die Stube.

Da stand Else an der Küchenhexe,
der große Topf blubberte,
der Deckel klapperte, als führe er ein Eigenleben
kochendes Wasser spritzte darunter hervor,
verdampfte zischend auf der Kochfläche.
Kein Kind sonst war zu sehen,
nur die Älteste,

die Vierjährige,
die aus vollem Halse schrie, die der Mutter
in grenzenloser Verzweiflung
ihre zitternden Hände entgegenstreckte,
gespenstische fremdartige Hände,
tiefrot, wund und voller Blasen.

Zum Glück reagierte die Kaluschke,
vom erbärmlichen Geschrei angelockt,
dieses eine Mal schnell.
Sie rief weitere Nachbarinnen herbei
von oben und von unten. Die Stube der Berndts
war plötzlich gefüllt mit aufgeregten,
aber tatkräftigen Frauen,
eine zog den Topf von der Feuerstelle,
eine andere kümmerte sich um das Baby,
eine dritte tauchte die verbrannten Hände
des unglücklichen Mädchens in einen Topf
mit kaltem Wasser, während Frieda
zu nichts anderem in der Lage war,
als ihre weinende Tochter zu halten und zu wiegen.

Die Kaluschke selber kroch über den Fußboden.
Da fehlten doch noch zwei Kinder?
Sie fand Eddi und Lottchen
schließlich unter der Küchenbank,
im hintersten Winkel
zusammengekauert und stumm.

„Da steckt ihr also", murmelte die Nachbarin.
„Na, da könnt ihr gern bleiben.
Da richtet ihr Bälger keinen Schaden nicht an
und lauft keinem vor die Füße."

Ein paar Wochen nach Kätes Geburt trat Julius
in die Schlafkammer

mit seiner selbstgebauten Werkzeugkiste,
zog seinen Zollstock hervor und begann zu messen.
Frieda legte die Wäsche zusammen,
faltete die winzigen Kinderhemden
und Windeln, legte sie ins Regal. Aus der Stube
klangen die Kinderstimmen.
Sie beobachtete ihren Mann.

„Wat hest de vör, Julius?"

„Na, ick mut wall een tweed Bedd timmern,
dat de Kinners Bott to Slapen hebben."

Einen Augenblick zögerte Frieda,
zupfte an dem Hemdchen herum,
das sie in den Händen hatte,
holte zweimal tief Luft und sagte:
„Da könnte ick woll ein Kommood bruken
orer ein Regal. Meinste nich?"

Er hielt inne und sah sie an.
Sie lächelte vorsichtig.
„Dat ganze Kledage von dei Kinners…
Wohün damit…"

Julius musterte sie mit der Anspannung eines Seemannes,
der auszumachen versucht, welches Unwetter
sich am Horizont zusammenbraut.

„Wor sölen Lotte und Käte woll slapen?"

„In mein Bett", sagte Frieda, legte das Hemdchen ins Regal
und nahm sich ein neues Kleidungstück
aus dem Wäschekorb.

„Mhm", machte ihr Mann und klappte langsam

den Zollstock zusammen.
„Un ick?"

Sie schluckte und starrte in den Wäschekorb.
„Up dei Kökenbank?"

Eine Weile war Stille, kein Ton kam von ihm,
sie schaute hinüber.
Sein Blick war auf sie gerichtet.
„Dat wullt du, Frieda?"

Sie ließ das Wäschestück sinken.
Ihr Blick bekam etwas Flehendes.
„Veir Kinners sin genoog", sagte sie.
„Mehr schaff ick nich."

Julius räumte sein Werkzeug in den Kasten zurück.
Bevor er die Schlafkammer verließ,
lächelte er sie an.
„Wenn dat is, wat de wullt, Frieda,
dann mak wi dat so."

All das sieht Frieda vor sich,
wenn sie an die Küchenbank denkt und daran,
dass Julius dort Nacht für Nacht schläft
seit über drei Jahren. Natürlich hat sie kein Recht,
so etwas von einem gesunden,
verheirateten Mann zu verlangen.
Sie weiß von Männern, die nehmen sich,
was ihnen zusteht.
Sie rechnete anfangs von Woche zu Woche
mit Vorwürfen, mit Bitterkeit in seinen Worten,
mit Kälte in seinem Blick,
aber nichts dergleichen trat ein.

Sie fürchtete die Samstagabende,

wenn die Männer in der Wirtschaft
getrunken hatten, dann waren sie
doch aufgeheizt. Dort mit dem Schnapsglas
in der Hand stachelten sie sich an,
nannten sich gegenseitig
Hornochsen und Pantoffelhelden.
Sie hörte nachts die Haustür gehen
und dachte: Jetzt wird er kommen.

Aber Julius verlor nie wieder ein Wort darüber.
Die Monate vergingen
und schließlich die Jahre. Schweigen
legte sich auf das, was einst das pure Glück
für sie gewesen war.

Dieses Schweigen liegt nun dort
wie eine undurchdringliche Decke.
Es ist, wie es eben ist. Von diesem Punkt aus
gibt es kein Zurück.
Manchmal fragt Frieda sich
mit einer Mischung aus Scham und Enttäuschung,
ob sie wohl die einzige von ihnen beiden ist,
die gelegentlich nachts in ihr Kissen beißt.

6.   Kapitel: Der Gast in der Stube

Schluss mit Grübeln.
In der Stube wartet der Gast auf sie.
Viel zu lange schon lässt sie die Männer warten.
Alle Kinder sind jetzt leise.

Das Gespräch der beiden bricht ab,
als sie die Küche betritt.
Julius hat auf der Bank Platz genommen
und blickt ihr lächelnd entgegen. Per Hansen

(inzwischen hat sie sich den Namen gemerkt)
sitzt mit dem Rücken zur Schlafkammer.
Er steht sofort auf, dreht sich zu seiner Gastgeberin um.
Er hat die Jacke noch an, seine Kappe in der Hand.
Die schiebt er in die Jackentasche, bevor er
ihr die Hand entgegenstreckt, sich wortreich bedankt
für die Einladung. Er wirkt so aufgeregt, da findet Frieda
keinen Grund mehr, nervös zu sein.

Kleiner ist er als Julius,
ein bisschen älter wohl auch. Seine Stirn ist hoch.
Durch das dünner werdende Haar
schimmert die Kopfhaut. Nichts Dämonisches
ist an ihm, nichts Aufdringliches,
nichts Beängstigendes.

Sein Lächeln wirkt eifrig und schüchtern zugleich.
Auffällig ist seine Sprache. Ein sonderbarer Klang
ist darin. Wie Julius benutzt er fremdartige Worte.
Ebenso wie Julius spricht auch er weder das Platt,
mit dem Frieda in Krucksdorf großgeworden ist,
noch das, was sie in Stettin gewöhnlich hört.
Es klingt fremd und vertraut zugleich.
Eine Seemannssprache eben.
Er hat die rauen Hände eines Arbeiters,
sein Gesicht ist vom Wetter gegerbt.
Frieda erscheint er sogleich wie einer, der weit gereist ist
und viel gesehen hat, einer, den das Leben nicht verwöhnt,
dem es aber beigebracht hat, sich durchzuschlagen.

Seine Augen haben etwas Bezwingendes.
Klein und rund sind sie.
Ständig scheinen sie in Bewegung zu sein,
ein merkwürdiges Glitzern ist darin,
eine Lebhaftigkeit, die zum Lachen einlädt,
eine Wärme, die es Frieda leicht macht,

sein Lächeln zu erwidern.

Sie bietet an, einen frischen Kaffee zu brühen,
was er sofort ablehnt: „Keine Umstände, gnä' Frau Berndt,
keine Umstände, bittschön, nicht wegen mir."

Aber sie schüttelt den Kopf, macht sich ans Werk,
als sei sein Einwand ohne jede Bedeutung.
Während sie den Kaffee aufgießt und den Tisch
mit den rosenverzierten Tassen eindeckt,
setzen die beiden Männer ihr Gespräch munter fort
über Menschen und Häfen,
von denen Frieda noch nie gehört hat,
über ihre Arbeit in der Werft.

Sie füllt den dampfenden Kaffee
in die zierlichen Tassen. Sein Duft erfüllt die kleine Stube.
Per Hansen nippt vorsichtig.

„Na, Sie verstehen's aber, Frau Berndt,
Sie verstehen's aber."

Er greift nach seinem zerschlissenen Rucksack,
zieht eine Flasche heraus. „Na, schauen Sie mal,
habe ich mitgebracht, ein ordentliches Tröpfchen,
wenn's gefällt."

Frieda steht pflichtschuldig auf,
holt zwei kleine Schnapsgläser
aus dem Küchenschrank. Zum ersten Mal
verrutscht das Lächeln des Gastes.
Sein Blick springt zwischen den Eheleuten hin und her.

„Nur zwei Gläser? Ick dächt,
Sie stoßen mit uns an, liebe Frau Berndt?"

„Nei, dat mut nich sin", wehrt Frieda ab,
sieht in den Augenwinkeln, wie Julius die Brauen hochzieht.
Sein Blick scheint sie an manchen feuchtfröhlichen Abend
in ihrer Verlobungszeit erinnern zu wollen.
Julius sagt nichts, schweigt zu alledem,
aber es zuckt amüsiert in seinen Mundwinkeln.
Frieda spürt, wie ihr die Röte in die Wangen steigt.
Da hat Per Hansen die Flasche in seinem Rucksack
verschwinden lassen. Sein Gesicht zeigt Enttäuschung
und Verlegenheit.

„Dusseliger Kerl, der ick bin", beginnt er.
„Werde ick in ne christliche Stube geladen
und stelle solch ne Buddel voll Düwelkram
ufn Tisch. Vergessen wir den Schiet,
Frau Berndt. Dat macht die See, wissen Se.
Macht aus Männern Lumpen, wat ick segg:
aus Männern Lumpen. Die sich einen antüttern tun,
wann dat nur geht. Nee, son Düwelkram…"

Seine letzten Worte verlieren sich in ein Murmeln.
Frieda reißt erschrocken die Augen auf.
Wie eine Ohrfeige fühlt sich das an:
Beschämt hat sie ihren ersten Gast
schon nach wenigen Minuten.
Entschlossen holt sie aus ihrem Schrank
ein drittes Glas.
Sie stellt es resolut auf den Tisch.

„Nu holen Se man dei Buddel
wedder rut", sagt sie. „Ein Gläsken
söll ja woll nix schaden."

„Aber gewiss nich!" Das übermütige Glitzern
kehrt sofort in die Augen des Gastes zurück.
Schon zieht er die Flasche wieder hervor, öffnet sie

und füllt die Gläser bis zum
Rand.

„Dann zum Wohle", sagt Per Hansen.

Sie heben die Gläser an, prosten sich zu,
trinken sie in einem Zug leer.
Als die drei Gläser mit einem fast zeitgleichen Ruck
wieder auf dem Küchentisch landen,
durchzuckt Frieda ein neuer Schrecken.
Die Hitze steigt ihr erneut in die Wangen, aber die Männer
zeigen keinerlei Befremdung.

„Good Kraam", sagt Julius und streicht sich
über den Schnurrbart.

Per Hansen nickt, lehnt sich zurück.
„Ein famoses Heim hast du, Berndt.
Stolz kannste sein. Da möchte man nicht weg.
Kann ich din Wib verstehn. Da kommt doch nichts gegen an,
gegen ein solches Heim. Die Kinners slöpen?
Wie viele sind es denn?"

Julius zögert und sagt: „Veer sünd dat.
Dree Deerns und ein Keerlke."

„Da musste wohl erst mal zählen?"
Per Hansen bricht in ein herzliches Lachen aus.
Ansteckend klingt das. Frieda fällt ausgelassen mit ein.

„Ist woll selten to Haus, de Mann.
Kommt bei dat Zählen nich nach,"
setzt Per Hansen hinzu und schlägt sich dabei
schallend auflachend auf die Schenkel.

Julius macht eine abwehrende Handbewegung

und schüttelt den Kopf. Die ausgelassene Stimmung
scheint ihm zu gefallen.

„Nix für ungut, nix für ungut!" Per Hansen
wischt sich die Lachtränen aus den Augenwinkeln.
„Nix für ungut. Nur ein Spaß. Lachen ist gesund,
seggt man doch. Gesund isses, hält Leib und Seel
beisammen,
meinen Se nich, Frau Berndt?"

Frieda fühlt sich erleichtert.
So ganz anders ist der Abend,
als das, was sie befürchtet hat. Im Gegenteil: er versteht sie.
Er hat ein Auge für ihre gemütliche Stube.
Er weiß, sie kann all das nicht hinter sich lassen.
Nicht für ein Fischerboot.

„Jetzt trinken wir noch einen uff Ihr schönes Heim!"

„Aver man blot ein Lütten", wendet Frieda ein.

„Jo, g'wiss doch, g'wiss doch", stimmt Per Hansen
ihr eifrig zu und füllt die Gläser wieder bis zum Rand.

Nach dieser Runde richtet er sich plötzlich auf,
als sei ihm etwas eingefallen. „Wissen Se, Frau Berndt,
jetzt würde ick Ihnen gern mal wat verklaren.
Dat mit der Fischerei.
Damit Se mich nich för nen Deppen halten..."

„Hansen...", fährt Julius Berndt nun warnend dazwischen.

Der Freund nickt wissend und schuldbewusst.
Dann erklärt er auf Friedas fragenden Blick hin:
„Dat musste ick Ihrem Mann versprechen,
kein Wort über den Plan mit Warnemünde und so.

Kein Wort nich.
Sonst hätte ick hier nich over de Schwelle gedurft.
Ein feiner Kerl is Ihr Mann. Aber ick verstehe ja,
warum Se's nich wollen. Keine Frage.
Da wird nich mehr drüber lamentiert.
Dat is versproken.
Bei meine Seel.
Kein Wort nich.
Nur mich selbst verklaren will ick. Nur mich selbst.
Wenn ick Ihre Erlaubnis habe,
Frau Berndt, nur denne."

Als wolle er seinen Worten Nachdruck verleihen,
legt er sich die Hand auf die Brust. Nun gucken
seine kleinen runden Augen fast verzweifelt drein.
Wie könnte Frieda diesem lieben Gast etwas abschlagen,
wie könnte sie etwas anderes tun als zustimmen,
auch wenn sie das skeptische Grummeln ihres Mannes hört,
aber es klingt wie aus weiter Ferne.
Ihre Aufmerksamkeit ist ganz auf Per Hansen gerichtet
und auf das, was er ihr zu erzählen hat.

„Nun, inner Fabrik, da verkooft der Fabrikant.
Damit verdient der Geld, weil - seggen wi mal -
die genähte Kledage mehr wert ist als Stoff und Garn
und der hat die Maschinen, deshalb verdient er damit Geld.
Von dem Geld, was er dabei verdient
beim Verkauf der Kledage, meine ich,
davon bezahlt er die Arbeiter, ja?
Die Kosten för die Fabrik, för die Maschinen,
neue Stoffe, neuet Garn. Ja?"

Jetzt ist Frieda misstrauisch geworden.
Lieschens Mann Karl war ein Roter. Solche Sätze
kommen ihr bekannt vor. Sie klingen,
als hätte Per Hansen all die Worte vorher eingeübt.

Sie sind gefährlich.

Unbeirrt fährt ihr Gast fort:
„Und er bezahlt davon och
nen Droschkenkutscher, auf jeden Fall
seine Zigarren und Seidenblusen för sin Wib,
den Gärtner, dit Hausmädchen und –
soll's der Düwel holen –
och noch die Reisen uf de Alm".

Erschrocken fährt Frieda zurück.
Nein, das geht ihr zu weit. Per Hansen
sieht ihr Entsetzen und wedelt beschwichtigend
mit den Händen.

„Oh ick weiß, wat Se denken,
Frau Berndt. Se denken, ick bin ein Kommunist.
Nee, nee. Dat geht mir nich
um Streik und Revolution. Dat is nich meine Sache.
Aber zum Fischen braucht dat nur ein Boot.
Die Fische sind inner See. Die schenkt der liebe Gott uns.
Wir müssen se nur anlanden und verkoofen…"

„Nu langt dat!" donnert Julius Berndts Stimme dazwischen.
„Du sabbelst dösig Tüüg. Laat mien Fru."

Per Hansen faltet die Hände und drückt sich die Zeigefinger
gegen den Mund, als wolle er sich nachträglich
die Lippen verschließen. Dann holt er tief Luft
und nickt betroffen.
„Recht hat Ihr Mann. Da sin se mich weglopt, die Worte.
Könn Se mir vergeben, Frau Berndt?"

Frieda schüttelt verlegen den Kopf.
„Dat gewwt nix tau vergeven, Per Hansen."

„Se sind nich gram bei mir?"

„Nei!"

„Dann beweisen Se mir dat!"

Schon sind die Gläser wieder gefüllt. Wieder wird geprostet,
getrunken und die leeren Schnapsgläser werden wiederum
mit einem fast zeitgleichen Ruck zurück auf den Küchentisch
gestellt, aber diesmal kommt keinerlei Verlegenheit auf.
Im Gegenteil, sie alle drei müssen darüber lachen,
es ist ein gutes, gemeinsames Gelächter.
Frieda fragt sich, wann sie das letzte Mal
eine solche Leichtigkeit in sich gespürt hat,
ein solches Lachen,
das aus dem Bauch heraus perlend aufsteigt
und hervorbricht, sobald jemand einen Scherz macht.
Selbst wenn es verklungen ist, scheint es noch
durch den Raum zu schwingen,
ein unbefangenes, die Seele wärmendes Miteinander.
Wie wohl ihr ist. All die Sorgen
scheinen vergessen zu sein,
so wie der Flickenkorb der Frau Kommerzienrat.
Nichts Düsteres dringt mehr zu Frieda durch.

Schließlich holt Julius seine Mundharmonika hervor,
denn Per Hansen ist nach Musik zumute. Er will
der lieben Frau Berndt ein Ständchen bringen,
Seemannslieder. Aber die singt sofort mit.
Nein, da kann sie sich nicht zurückhalten,
sie kennt doch die Lieder, vom Jahrmarkt,
wenn der Seemannschor singt,
und natürlich von Julius selbst. Sie weiß
alle Strophen auswendig. Wenn ihr Gast
ins Stocken gerät, dann kann sie ihm aushelfen
und freut sich über das anerkennende,

staunende Funkeln in seinen Augen.
Und weil es so schön ist,
singen beide das Lied gleich noch ein zweites Mal.

Seemanns Braut ist die See …

„Na, din Wip kann ja singen!", ruft Per Hansen,
als Julius innehält und sein Instrument
an der Hose ausklopft. „Hättste dat gedacht?"

„Jo, dat weet ick woll", lacht Julius.
Ein zärtliches Lächeln fliegt zu Frieda hinüber,
so innig und ungewohnt, dass es ihr
die Röte in die Wangen treibt.

Per Hansen beugt sich wieder
zu seinem Rucksack und zieht eine Postkarte hervor.
„Nu muss ick Ihnen noch wat zeigen,
nach so'n Bült Seemannslieder.
Och wenn Julius mir die Ohren langziehen wird.
Da höre ick schon die Seemannsflüche uf mir
herniederprasseln. Aber Se wern mir vergeben,
Frau Berndt. Se wern's verstehn.
Dat weiß ick. Wer so schön Seemannlieder singen kann…"

Er zeigt ihr die Postkarte. Es ist eine Fotografie,
leicht koloriert.
Darauf ist ein Fischerboot zu sehen.
An den schräg aufstrebenden Masten hängen die
Fischernetze, drum herum die schäumenden Wellen.
Blassgraue Wolken am Horizont.

„Die Karte hevv ick mein Schwester geschickt,
als ick to See ging. Hat se mir torückgeven,
weil mir dat Bild so gefällt. Weil dat mein Traum is.
Als unsere Eltern starben, is mein Schwester Anna

bei Warnemünde gangen.
Se hat nen gooden Mann dort gefunden.
Bevor ick to See bin, hev ick dort als Maat
bei nem Fischer geholfen. Ick kenn' dat Geschäft.
Aber immer nur Gehilfe, dat bringt nix.
Ein eignes Boot – dat is ein Traum..."

Friedas Blick wandert zu ihrem Mann hinüber.
Nun wird er aber mit seinen Freund schelten,
weil der nun doch keine Ruhe gibt,
stattdessen wieder anfängt von der Fischerei-Geschichte,
die doch vom Tisch ist. Ein für alle Mal.

Aber diesmal weist Julius den Freund nicht zurecht,
sondern greift stattdessen nach der Postkarte, mustert sie
mit einer beunruhigenden Intensität, so ernsthaft und
prüfend, als habe sie eine Bedeutung.
Aber die hat sie nicht.

„Liggt recht deep", sagte er schließlich.

„Jo!" Per Hansen nickt eifrig.
„Weil de Netze voll sünd, Berndt, voll bis bein Rand.
Bei Warnemünde, da nehmen se Schleppnetze,
damit gehen sie bei die Hochsee,
wenn du da nen Motor hevst, fährste allen annern davon,
die Warnemünder fischen nämlich wie vor hunnert Jahrens,
die sünd stur. Von Motoren halten die nix."

Frieda sieht Julius an, sieht in seinen Augen
ein gefährliches Funkeln, als sei ein Motor nun etwas,
das alles in einem neuen Licht erscheinen lässt.

„Wat för een Motor?", fragt er.

„Nun ja, dat gevvt dat eine or dat andre...",

Per Hansen bricht ab." Nee, nu mal halblang.
Jetzt gevvt dat kein Snack über Motoren."
Er nimmt die Karte an sich
und lässt sie in seinem Rucksack verschwinden.
Dann wendet er seine Aufmerksamkeit
wieder ganz der Gastgeberin zu
und streckt herausfordernd die Hand aus.
„Ick möcht wetten, der Berndt bekommt bei sin Tröte
och nen Walzer hin. Gevven Se mir die Ehre,
gnä' Frau?"

Die „gnä' Frau" lacht vor Schreck kurz auf
und blickt zu ihrem Mann hin.
Was wird er denn dazu nur sagen,
dass sie mit einem fremden Mann tanzen soll?
Wo gibt es denn so etwas?
Aber Julius hat sein Instrument
schon wieder an den Mund genommen.
Ein vollendeter Dreivierteltakt erklingt,
schwungvoll und mitreißend.
Da hat sie ja wohl keine Wahl.
Sie fasst zu. Ihre Hand greift die fremde raue Männerhand.
Dann wiegen sie sich schon miteinander, drehen sich,
soweit es denn möglich ist in der engen Stube,
dazu summen sie, manchmal wird daraus ein Kichern.
Ganz außer Atem ist Frieda, als sie sich wieder setzen.
Julius Berndt hat die kleinen Gläser schon wieder gefüllt.

„So, ji hebbt dat verdeent",
meint er. Seine Wangen zeigen kleine rote Flecken,
seine Augen glänzen. Das sieht seine Frau.
Ob es nicht langsam reicht, überlegt sie,
da klirren die Gläser schon wieder übermütig aneinander.

„Wat nu?" fragt Julius.
Er hat seine Mundharmonika noch nicht wieder eingepackt.

„Nu söll Frau Berndt uns mal wat singen",
schlägt der Gast munter vor
und leckt sich die Reste des Schnapses von den Lippen.
Frieda lässt sich nicht lange bitten.
Am Nachmittag hat sie das Lied ihren Kindern vorgesungen.
Frieda zieht einige der Worte in die Länge,
ganz und gar übertrieben. Das lieben die Kinder.
Das ist es, was das Lied ausmacht,
was es zu einem Spaß werden lässt,
obwohl sein Text doch eigentlich bitter und ernst ist.
Aber so geht es ja in vielen Liedern.

„Ist das Mädchen arm, dass sich Gott erbarm',
kriegt sie keinen Mann, kei - - - ner schaut sie an!"
Die beiden Männer reagieren genau wie ihre Kinder.
Die langgezogenen Silbern lassen sie johlen und
beim Refrain singen die beiden überschwänglich mit.
„Denn das liebe Geld, das regiert die Welt,
das regiert die ga---nze Welt!"
Per Hansen applaudiert heftig,
aber Frieda hebt schon zur zweiten Strophe an.
„Ist das Mädchen reich, komm' die Freier gleich,
Student und Offizier, a---lles fragt nach ihr!"
Fröhlich stimmen die Männer wieder mit ein.
Aus drei Kehlen tönt es voller Überzeugung,
weil es nun einmal ist, wie es ist und auch gut klingt:
„Denn das liebe Geld, das regiert die Welt,
das regiert die ga---nze liebe Welt."

In lautem Gelächter verklingt das Lied,
sie stoßen die frisch gefüllten Schnapsgläser
aneinander. Dann stimmt Julius
das nächste Lied an. Frieda und Per Hansen
haken einander unter. Laut singend schunkeln sie.
„Ach du lieber Augustin,

alles ist hin, hin, hin,
ach, du lieber Augustin,
alles ist hin."

„Prost allesamt!" Per Hansen strahlt
beschwingt in die Runde, nachdem das Lied verstummt ist;
seine Stimme klingt inzwischen etwas schwerfällig.
Als er sich erneut an die Gastgeberin wendet,
runzelt er die Stirn, als müsse er sich
auf seine Worte konzentrieren.

„Nu will ick dat aber wissen…
Se sünd de Lerche Stettins, Frau Berndt.
Dat sünd Se, de Lerche Stettins.
Aber hören möchte ick dat
trotzdem. Nur einmal, Frau Berndt, nur einmal.
För mi…"

„Aber wat denn nu, Per Hansen?" fragt Frieda verwirrt,
denn sie kann sich keinen Reim auf das machen,
was der Gast zusammenstammelt.

„Ach, rufen Se doch einmal ‚Fische, frische Fische'.
Dat würde ick allzu gerne hören…"
Er faltet die Hände vor der Brust wie ein Konfirmand.
Sein Oberkörper schwankt sachte hin und her.

„Holl dien Beck!",
fährt Julius Berndt mit schwerer Zunge
dazwischen und schwenkt aufgebracht den Zeigefinger.
„Mien Fru maakt gar nix. De bölkt hier nix.
Man gar nix mit Fissen of so. Is Schluss nu…"

Frieda weiß sehr wohl, Julius will sie beschützen.
Aber es ist ein Übermut in ihr, etwas, das sich nicht mehr
bändigen lässt. Anstelle von Erleichterung wecken

84

die Worte nur Trotz in ihr.
Es ist ein fröhlicher aufbegehrender Trotz.
Ha, traut er ihr das etwa nicht zu?
Denkt er, sie sei schüchtern?
Soll er doch mal sehen: Steckt doch mehr in ihr als nur
das brave Hausmütterchen. Per Hansen sieht das.
Per Hansen versteht sie. Jetzt will sie es auch
ihrem Mann zeigen, was sie kann.

Entschlossen erhebt sie sich
und genießt die überraschten Blicke der Männer.
Runde Augen machen sie alle beide. Zu schön
ist dieser Anblick. Da möchte man schon allein deswegen
in lautes Gelächter ausbrechen,
aber Frieda hält an sich, stellt sich mitten in die Stube
und stemmt die Fäuste in die Seiten,
wie sie es bei den Fischerfrauen am Bollwerk geschen hat,
wo sie die Fische verkaufen aus Fässern und Trögen.

„Fiske, friske Fiske!" ruft sie ohne jede Scheu
in ihre eigene Stube hinein und dann bricht doch ein
unbändiges Lachen aus ihr hervor, weil den beiden Männern
die Münder offenstehen. Wie bei zwei Karpfen,
die nach Luft schnappen.
Na, da staunen sie aber, die beiden.

Per Hansen fängt sich als erster.
„Da hol mich doch de Düwel!" entfährt es ihm.
„ Julius, din Wip, dat ist ja de geborne Marktfru!"
Er schlägt sich mit beiden Händen gegen den Kopf.
„Und so ne versteckst de inner Stuwe!
Dat de dir nich schämst. Du Döskopp!"

Mit Schwung schlägt er dem immer noch
entgeisterten Ehemann auf die Schulter.
„Nu mal ehrlich, Berndt. Wie vell Fisse würdste

dem Wip abkoofen? Seg mol, Berndt!"
Er kann sich gar nicht wieder beruhigen.

Julius Berndt stiert seine Frau aus glasigen Augen an.
„All", sagt er. „All."

In Friedas Kehle erstickt mit einem Mal das Lachen.
Was geschieht hier, fragt sie sich beunruhigt.
Bevor sie eine Antwort finden kann,
schiebt sich plötzlich die Schlafzimmertür hinter ihr auf.
Erschrocken fährt sie herum.
Da steht der kleine Eddi im Türrahmen,
in seinem geknöpften Einteiler
sieht er wie ein kleiner Zwerg aus,
reibt sich verschlafen die Augen, hält in der anderen Faust
seinen bunten Häkelhasen an den langen Ohren fest.
„Kann nich schloapen…", murmelt er.

„Ach herrje", entfährt es der Mutter schuldbewusst.
Eilig greift sie nach dem Kind,
nimmt es hoch auf ihre Hüfte. Sofort schließen sich
die warmen Kinderarme um ihre Schultern und das
Gesichtchen schiebt sich schlaftrunken an ihren Hals.

„Nu geih ick aver schloapen."
Frieda nickt bedauernd in die kleine Runde.

Per Hansen erhebt sich schwankend. „Nun,…
bevor ick mir nu bedanken tu
für den wunderwunderschönen Abend, Frau Berndt…"

Er tritt auf sie zu. Seine lebhaften kleinen Augen
funkeln und glitzern dabei. Er ist sichtlich bemüht,
eine angemessene Formulierung zu finden,
die richtigen Worte zu wählen.
„Tja, da stellt man jadoch die Frage…

- nachdem wat wi da gehört ham,
nich wahr, Berndt? Nich wahr?
stellt sich ne Frage, Frau Berndt.
Dat is ja klar nu, mein ick,
nich wahr, Berndt? Ist es nicht so?"

„Wat denn nu?" Frieda drückt ihren kleinen Jungen an sich.
„Wat denn nu?"

„Na, Frau Berndt!" Ein wenig vorwurfsvoll
verdreht er die Augen, als sei ihre Nachfrage
eine gänzlich überflüssige Spielerei.
„Nu aber Butter bei de Fisse! Die Antwort sind Se uns
nu doch wohl schuldig. Die geborne Marktfru
- dat sind Se. Da können Sie nix mehr bei leugnen.
Nun, gnä' Frau:
Sünd wi nu überein? Sünd wi im Geschäft?"
Herausfordernd streckt er ihr die Hand entgegen.

Noch nie hat jemand so mit ihr gesprochen,
als sei sie eine Frau, mit der man Geschäfte macht,
eine Partnerin, eine Geschäftsfrau.
Was soll sie denn da antworten, wie könnte sie
Per Hansens erwartungsvollem, freundlichen Gesicht
ein ‚Nei' entgegenschleudern,
ohne diesen ganzen Abend zu zerstören,
ohne das Gelächter, das immer noch in ihr nachklingt,
unwiederbringlich verstummen zu lassen?
Also greift sie zu, ihre Hände fassen ineinander.
Es ist ein Pakt. Sie tut es, weil es gar nicht anders geht,
weil es sich so gut und so richtig anfühlt, als wären ihr
nie zuvor schönere Worte über die Lippen gekommen.

„Jo, Per Hansen, dat sünd wi nu. Im Geschäft."

Er strahlt sie an. Sie strahlt zurück.

87

Dann wendet sie sich hastig um
und verschwindet ins dunkle Schlafzimmer,
zieht die Tür leise hinter sich zu.

Vorsichtig bettet sie Edmund neben seine Schwester,
rückt seine Decke zurecht und küsst ihn auf die Stirn,
wendet sich dem eigenen Bett zu
und sinkt zwischen die beiden kleinen Mädchen,
ohne sich auszuziehen, im guten Kleid,
so wie sie ist.

Sie schließt die Augen. Der Raum um sie herum
dreht sich sanft wie ein gemächliches Karussell
auf dem Jahrmarkt, mit auf- und absteigenden
bunten Pferden, das Zaumzeug glitzert, die Augen
sind gemalt, mit langen Wimpern.
Es kreist in ihr und um sie herum.
Etwas in ihr tanzt und lacht immer noch, etwas in ihr möchte
wieder aufstehen, noch einmal in die Stube
zu den beiden Männern. Sie möchte
weitertanzen, sich wiegen und drehen im Walzertakt,
genau wie vorhin, aber diesmal
mit Julius, ihrem Mann.

7. Kapitel: Leinen los

„Wat heww ick blot maakt", fragt Frieda.
Sie sitzt bei Lieschen,
zieht mit einem kurzen Messer
die Schale von den Äpfeln, hält immer wieder inne,
starrt auf die dunklen Augen inmitten
der gelben Apfelhaut, als käme von dort
eine Antwort.

Lieschen beeindruckt

das Jammern der jüngeren Schwester nur wenig.
Dafür hat sie in ihrem Leben
schon zu viel Schlimmeres gesehen.

Else sitzt dabei und müht sich ebenfalls
mit einem kleineren, stumpferen Messer.
Hin und wieder tippt Lieschen ihr mahnend
auf den Handrücken, damit das Mädchen dünner schält,
sonst bleibt ja vom Apfel nichts übrig.

Unter dem Tisch zanken sich Käte und Lotte,
Eddi spielt Ball im Hof oder irgendwo,
treibt sich herum, wie Jungen das eben tun.

„Wat heww ick blot maakt", wiederholt Frieda
ihr dumpfes Klagelied. „Ick heww mien Word geven,
wie kund dat angahn?"

„Wat du versproken hewwst, dat säggt nich väl.",
erklärt Lieschen. „Büst ja vull bet tau'n Rand west!"
Sie schüttelt den Kopf über die Kerle,
machen die doch die junge Frau besoffen,
nur um ein Boot zu bekommen.
Sie guckt, als würde sie sich den Schwager
allzu gerne mal vorknöpfen.
„Und Per Hansen, em kannste nix glöwen,
hei snackt Schiet, dat säggen all Lüü."
Denn Lieschen hat etwas gehört: dieser Per Hansen,
der hat schon geprahlt
mit dem Kutter, den er mit Julius kauft,
letzte Woche schon, lange vor dem Samstag,
bevor die Schwester mit dem Kerl Walzer getanzt hat
und mit ihm Geschäfte machen wollte.
Lange schon davor. So erzählt man bereits
auf dem Markt, dass die Berndts hoch hinauswollen,
einen Fischereibetrieb wollen die und weg aus Stettin.

89

„Oh", Frieda bekommt große Augen,
„- sowat harr hei vertellt?"

„Na kloar, dei spuckt grode Töne,
aver wat rutkomt, dat weis keeneen."

Frieda schluckt. Lieschen kennt sich aus.
Wie immer.

„Waar sall dat hen, Lieschen?"
Ganz verzagt klingt die Stimme der jungen Frau.
Sie legt das Messer zur Seite, weil Käte
auf ihren Schoß gekrabbelt kommt,
sich ein paar Apfelschalen schnappt,
darauf herumkaut.
Frieda reibt ihre heiße Wange
an den verklebten Löckchen der Kleinen,
was sich tröstlich anfühlt.

Nun hält auch Lieschen inne,
lehnt sich zurück, macht es der Kleinen nach,
knabbert an den Apfelschalen,
denkt nach.
Nach einer Weile holt sie tief Luft
und erklärt der Jüngeren ihre Gedanken.
Denn man muss ja Einiges bedenken.
So einfach ist das ja nicht.
Natürlich haben die Männer
sich wie Schurken verhalten.
Halunken.
Alle beide.
Und dem Per Hansen,
dem ist nicht zu trauen.
Aber die Idee,
die ist doch am Ende gar nicht schlecht.

Da fangen die beiden Kerle die Fische
und Frieda verkauft sie auf dem Markt.
Das klingt doch ganz gut!

„Ach Lieschen, wenn dat so einfach wär,
denn würn dat all Lüü maaken."

„Maaken sei awer nich,
weil sei ut de Angst nich rute komm!
Ick sägg di, wenn de na Warnemünde geihst,
komm ick glatt mit."

Sie könne ja die Kinder hüten, erklärt Lieschen,
wenn Frieda auf dem Markt steht,
sie könnte abends den Fisch einlegen,
Fischsuppe kochen.
Und rechnen kann sie auch.
Wäre doch alles besser
als die leidige Arbeit in der Näherei.

„Rechnen kann ich auch", wirft Else dazwischen.

„Naja", sagt Frieda, „naja. Ick weit nich.
Am End sünn wi ärmer dran as nu.
Uns is gaudgahn all de Joahr.
Annermanns güng dat schlimmer."

Die Schwester schüttelt den Kopf.
Das sieht sie ganz anders.
Ist doch eine Plackerei jeden Tag.
Zwar kann man dem Per Hansen nicht trauen.
„Wat hei sächt, daar kannst nix up geven!"
Aber auf der anderen Seite,
wem kann man schon trauen?
Lieschen erinnert sie an das Laken,
das die Dienstmagd sich bezahlen ließ

und es trotzdem behielt.
Ist doch auch Betrug!
„Dann wüll sei noch dat Elseken!"

„Die sagt, ich kann dort arbeiten und was werden",
wirft Else dazwischen.

„Eins sägg ick di, Elseken", wendet die Alte
sich jetzt an das Kind. „Hör blot up
din egenen Verstand. Is man gaud,
dat de so klauk büst."

Dann wendet sie sich wieder zu Frieda
und warnt: „De müst uppassen um de Hansen!
Din Julius, hei is man tau gaudmödig!"
Ja. Genau da sieht sie die Gefahr.
Mit seiner Gutmütigkeit übertreibt Julius es.
Wie damals mit dem Köter vor dem Werktor,
teilt der Kerl doch sein Brot mit dem verfilzten Vieh
und hat am Ende einen Hundebandwurm in der Lunge.
So ist der Julius.
Aber die Idee mit der Fischerei findet Lieschen
trotzdem gar nicht schlecht.
Plötzlich steht sie auf.
Aus einem Schrank sucht sie etwas hervor,
eingewickelt in einen alten Strumpf, es sind Münzen.
Lieschen lässt sie auf den Tisch purzeln.

Frieda macht große Augen.
Wo hat die Schwester denn nur so viel Geld her?

Lieschens Lächeln verrutscht,
das Geld haben die Genossen für sie gesammelt,
damals, als der Karl ins Gras gebissen hat,
für Notzeiten, aber sie hat es nie angerührt.
„Nu gev ick dat di, för de erste Tied

in Warnemünde, wenn dat noch stur is,
wenn dat noch nich löpt, dann künnst dat bruken."

„Aver, Lieschen, wie söll ick dat taurückbetahlen?"

„Dat brukst nich, Frieda, aver wenn alls löpt,
dann halste mi na Warnemünde,
und dann hülp ick di, dat künnst glöven."

Frieda starrt die Münzen an, die zwischen Apfelschalen
auf dem blanken Küchentisch liegen.
So viel Geld.

„Halste mi, Friedachen? Halste mi weg
von dat Elend?"

Ganz langsam greift die junge Mutter nach dem Geld.
Münze für Münze nimmt sie in die Hand.
Das kalte Metall in der Handfläche,
so schwer fühlt es sich an,
das ist mehr als die gewohnten Pfennige und Groschen.

Lieschens Augen sind feucht.
„Wirste mi tau Warnemünde halen, Friedachen?"

„Din Hülp könnt ick bruken",
hört Frieda sich sagen, „bi'n Eenmaken
un mit dei Kinners. Bi dat Räken, ja,
bi dat Räken uck."

„Ich kann gut rechnen", wirft Else ein.

Auch sie hat ihr Messer zur Seite gelegt.
Selbst die kleine Lotte ist unter dem Tisch hervorgekrochen,
ihr Näschen ragt neugierig über die Tischplatte.

„Dat maakste, Friedachen, jo? Wenn dat löpt
mit de Fiskeri, und ji glöwt,
nu wird dat wat, dann halt ji dat Lieschen,
dat sünd da noch twei Hannen, dei hülpen."

„Jo, so mak wi dat", sagt Frieda.
Sie setzt die kleine Käte auf Lieschens Schoß
und zieht ein Taschentuch hervor,
sammelt die Münzen sorgfältig hinein,
knotet es zu, damit keine, nicht eine einzige,
aber auch gar nichts verloren gehen kann.

So ein kostbares Bündel.

Am nächsten Tag ist große Wäsche dran.
Da führt kein Weg drum herum. Die Sonne scheint.
In den schattigen Hof fallen zwar nicht ihre Strahlen,
aber ihre Wärme ist zu spüren, und nun
treibt der Eifer der Nachbarinnen,
da muss man schnell sein, sonst sind alle Leinen belegt.
Es kann ja nicht sein, dass es heißt, die Berndtsche wäscht
ihre Weißwäsche nicht. Die lässt alles verdrecken.

Also macht sich Frieda früh ans Werk,
die Finger sind bald rot und wund vom Waschbrett.
Die Laken flattern im Wind,
als Else und Eddi von der Schule kommen.
Käte und Lotte tanzen zwischen den weißen Wänden,
den Bezügen, Tüchern und Decken, das ist
ein Abenteuer.
Der kleine Eddi, der Schuljunge,
sieht erschreckend aus.
Die Hose ist zerrissen, das Hemd hängt heraus,
die Nase blutet, seine Schwester zieht ihn hinter sich her,
er traut sich nicht so recht auf den Hof.

„Na", sagt die Kaluschke und zupft
die ersten trockenen Kissenbezüge von der Leine,
„dein Eddi, der fällt ja auch am liebsten
über die eigenen Füße."

Besorgt zieht Frieda den Kleinen zu sich
mustert den finsteren Blick des Jungen,
die blutverkrustete Nase,
die runden Augen schimmern verdächtig.
„Wat is dat?", fährt sie die Ältere an.

„Was kann ich dafür", verteidigt Else sich,
„der tut immer so, als kann er nicht bis drei zählen.
Da haben die Jungs ihn eben erwischt,
ihm Frösche in die Hose gesteckt, ihn verdroschen,
so geht es, wenn einer nicht weiß,
wo die Lampe hängt."

„Schäme di", fährt Frieda sie an und sieht,
wie die alte Kaluschke grinst, sieht es und
ärgert sich. Gereizt fährt Frieda ihre Kinder an.
Else soll bei der Wäsche helfen, Edmund wird
hinaufgescheucht an die Schularbeiten
und schämen sollen sie sich alle beide.

Lotte und Käte erscheinen zwischen den Tüchern.
„Komm, Else, wir spielen Verstecken."

„Nei", fährt die Mutter dazwischen,
„dei Else hülpt mit dei Wäsch."

Else widerspricht nicht,
reicht dem Bruder ihr Bücherbündel,
zieht die getrockneten Handtücher von der Leine,
faltet sie umsichtig und legt sie in den großen Korb.
Lotte und Käte tanzen um sie herum.

„Dürfen wir auch mal?"
„Lasst die Finger von den sauberen Tüchern",
fährt Else die Schwestern missmutig an.
„Else ist ne olle Schachtel", ruft Käte laut
und rennt davon.

„Man hört ja so einiges von deinem Julius",
sagt die Kaluschke, „der will ja hoch hinaus."

„So, hört man dat?" Frieda starrt auf ihre Laken.
Können die nicht schneller trocknen?

„Ja, das hört man. Der kooft sich een Fischerboot,
das sagt man. Weil der Per Hansen das will.
Der Per Hansen, der war ja bei euch, Frieda.
Da ging es ja ordentlich laut zu bei euch,
da konnte ja unsereins kaum Schlaf finden,
so munter ging das bei euch zu.
Da habt ihr dann wohl auch beschlossen,
dass ihr jetzt miteinander ins große Geschäft einsteigt,
Warnemünde soll es werden, so hört man?
Nach Mecklenburg zieht es euch, ist Pommern
nicht gut genug für Leute wie euch?
Da wollt ihr wohl vornehm werden,
was Bessres sein als unsereins.
Ist euch nicht mehr fein genug,
so ein Hinterhof?"

Jetzt wird Frieda wütend, was nicht oft geschieht.
Funken schlagen in ihr, als fache die Kaluschke
ein Ofenfeuer an. Das sollte sie besser lassen.

„Wenn de Julius ein Kutter kopen wöll",
entgegnet sie nun, als sei es eine Kleinigkeit,
„so ward hei ein Kutter kopen."

„Damit reißt er euch ins Armenhus",
prophezeit die Nachbarin,
„dat weißt du wohl. Dat geht nicht gut aus."

„Wat weiste?", fragt Frieda. „Nix weiste!"

Die Töchter drängen sich an die Mutter.
Else hat die Wäsche in den Korb gelegt
und hält inne. Lotte zieht an ihrem Rock.
Käte schaut mit großen Augen.

Die Kaluschke lässt nicht locker.
„Ich weeß, dein Julius ist ein Träumer.
Aus dem wird nie was."

Friedas Stimme schwillt an.
„Jo, un dei Mann is ein Süüpkopp,
dat ward uck nix mit em!"

Das Gesicht der Nachbarin versteinert,
die Stimme wird schrill.
„Eines sag ick dir, Frieda Berndt,
in eenem Jahr stehst de wieder hier,
und dann hast de weniger Pfennige
in der Tasche wie heute. Dat kann ick dir sagen."

„In ein Joahr", schimpft Frieda zurück,
kann die Stimme nicht dämpfen, den Zorn
nicht zügeln, „in ein Joahr,
da stah ick in Warnemünde uppen Marktplatz
un verkope dei Fiske, dei min Mann
anlandet hewt. Mit sin Kutter.
Jo."

Es ist, als würde der ganze Hof lauschen.
Sie haben Publikum, sogar hinter den Fensterscheiben

97

zeigen sich neugierige Gesichter,
recken die Weiber die Hälse,
was ist da los zwischen der Weißwäsche,
gibt es was zu gucken? Gibt es Streit?
Frieda weiß nicht, was sie antreibt,
aber sie tritt einen Schritt vor,
all den neugierigen Blicken entgegen.
Trotzig und mit einer Spur von Übermut,
stemmt sie die Fäuste in die Seiten und ruft
all den Gafferinnen und Spottvögeln entgegen:
„Fiske, friske Fiske!"

Zur Antwort erhält sie ein betretenes Schweigen,
nicht mal der Kaluschke fällt hierzu etwas ein,
die wendet sich wieder ihren Laken zu,
murmelt etwas von „Verstand verlorn";
aber nur leise. Hinter den Fensterscheiben
verschwinden nach und nach die neugierigen Gesichter,
nichts mehr los zwischen den Wäscheleinen im Hof,
Friedas Wangen brennen, aber zugleich möchte sie
laut loslachen. Denen hat sie es gezeigt.

Da bemerkt sie ihre Töchterchen:
die Else hat schon den kleineren der Körbe gegriffen,
gefolgt von den jüngeren Schwestern
schleppt sie die Wäsche hinein.
Frieda reißt die Laken von den Leinen, trocken oder nicht,
folgt ihrer kleinen Schar.
Dass die Käte bloß nicht von der Treppe stürzt!
Nein, sie warten brav im dunklen Treppenhaus, alle drei.
Else guckt ihre Mutter nicht an, geht schweigend hinauf
mit dem kleineren Korb, der trotzdem schwer ist
für eine Siebenjährige, die Kleine schnauft,
das kann Frieda hören.

Oje! Der Mutter vergeht das Lachen,

das gibt eine Standpauke, da wird Else mit ihr
ordentlich ins Gericht gehen, wie die Mutter sich benimmt,
nun könne sie sich nicht mehr in die Schule wagen,
keins von den anderen Mädchen
würde jetzt noch mit ihr spielen im Hof,
alle mit dem Finger auf sie zeigen,
als würde nicht schon ein Bruder reichen,
dem die anderen Jungen Frösche in die Hose stecken.

Oben angekommen schieben sie die Tür auf,
stellen seufzend die beiden Körbe in die Stube,
Eddi sitzt brav über seinen Büchern,
in seinem Schlafanzug, weil die Hose hin ist.

Frieda schließt die Tür zum Treppenhaus,
da ist die Else schon bei ihr,
klammert sich an ihren Arm,
das glühende Gesichtchen reckt sich hoch,
die Augen weit aufgerissen, so große Augen.
„Muddi", sagt sie, „Muddi, bitte, bitte,
kann ich mich um die Kasse kümmern,
wenn du den Fisch verkoofst, dann gebe ich
das Wechselgeld, ich kann gut rechnen,
ich werde mich nicht verzählen, bitte, Muddi,
das kann ich, das kann ich wirklich."

Frieda starrt ihr Töchterchen an,
dann nimmt sie das kleine heiße Gesicht
zwischen ihre rissigen Waschfrauenhände,
ihre Stimme ist sanft.

„Jo, min Mäken, so mak wi dat,
un denn müsst de up dei Kassen uppassen,
dat kein Penni verloren geht,
weil all dei Groschen, wo de in dei Kassen leggst,
sünn unser, Else, sünn unser."

8.   Kapitel: Lieselotte

Julius verliebt sich in sie
in dem Moment, da sein Auge sie erblickt.
Er weiß sofort, dass es um sie und um keine andere geht,
als rage sie zwischen allen anderen heraus,
was sie nicht tut, denn sie ist eher klein,
auf ihre einzigartige Weise prächtig,
wenn auch von geringer Größe, ein Einmaster mit Segel,
dennoch: das dunkle Plankenholz glänzt,
das Netz ist aufgerollt auf einer mächtigen Winde.
Das Steuerhaus hat ein blaulackiertes Dach,
das strahlt in der Sonne.

Genau auf diesen Kutter zeigt Per Hansen.
„Sieht se nich fein aus, Lieselotte heißt se,
so ein schmuckes Ding, findste nich, Berndt,
wat sagste?"
Diese Begeisterung ist Julius fast lästig,
nicht weil er es anders sieht, im Gegenteil,
der Augenblick ist ihm zu feierlich
für ein solches Gequassel, was muss er auch
immer so viel plappern, der Hansen.

Außerdem hängen ihm Friedas Wort nach,
dass Lieschen gesagt hat, man könne ihm nicht trauen.
„Wat dien Fründin immer babbelt", hat er entgegnet,
er lässt sich den Hansen nicht schlechtreden
von einem alten Waschweib.
Aber hängengeblieben sind die Worte doch,
obwohl er sie vom Tisch gewischt hat
aus vollster Überzeugung.
„Der Hansen is in Rieg, de hett een goot Hart."

„Jo", entgegnete Frieda, „dat heww dei Köter woll uck,
dem de anna Werkdör von din Stull gewen hest,

ein um de anner Dag, aber am End
hest de den Hundewurm kregen."
Manchmal sitzen Friedas Worte wie Widerhaken im Fleisch.

„Nu wees man still", mahnt Julius seinen Freund,
„anners driffst du nur den Pries hoch."

Da kommt schon der Besitzer des Bootes,
ein Seebär mit Strickpullover und Wollmütze,
alles riecht nach Fisch, die Pranken voller Flecken,
„Na, da seid ihr ja, dann guckt sie euch mal an."

Sobald Julius auf Deck steht, fühlt er sich daheim.
"Starke Planken", meint er und blickt sich prüfend um.
„Na dat mutt all", sagt der Fischer,
„weil dat Netz schwer is, wenn dat eingeholt wird,
da mutt de Lütte wat abkönnen.
Aber die is wacker, könnt ihr glauben."

Der Fischer öffnet eine Bodenklappe,
führt sie in den Bauch des kleinen Kutters,
dort sitzt der Motor,
ein öliges Monstrum aus Metall, Ventilen, Stellschrauben,
Muttern, Rädern und dünnen Verbindungsrohren.
„Feiner Motor, dat sag ick euch. Original-Brons. 8 PS.
Vor zwei Jahren habe ick den einbauen lassen,
gab ein Reichsdarlehen, zinslos, könntet ihr übernehmen."

Er guckt, als würde er eine Reaktion erwarten.
Die beiden Kaufwilligen bleiben stumm.

„Ick schmiet mal an", sagt der Fischer,
tritt an das Steuer, dann beginnt es zu knallen,
in dem Motor knattert es,
Gestank und Gepolter folgen.
So ist der Fortschritt nun einmal,

er ist laut und stinkt.

Julius Berndt und Per Hansen
starren auf das ratternde Ungetüm
es ist ihnen, als blickten sie
in eine fremde Welt.

Dann stehen sie wieder auf Deck,
der Motor schweigt,
die beiden kaufwilligen Männer
starren auf ihre Schuhspitzen.
Der Preis ist genannt worden, dann hat der Fischer
Zigaretten verteilt, sie pusten den Rauch
in die Hafenluft,
lauschen auf das Kreischen der Möwen,
die Rufe der Seeleute, irgendwo läutet eine Glocke.
„Wat nu?“, fragt der Fischer ungeduldig,
„ist ein guter Kahn, tut sein Dienst.“

Julius will noch wissen, warum der Warnemünder verkauft,
wenn es doch so ein tüchtiger Kutter ist,
dafür muss es doch einen Grund geben.
Der Kutterbesitzer zieht an seiner Zigarette,
pustet des Rauch am Mundwinkel heraus,
schiebt die Mütze in den Nacken und schaut
mit schmalen Augen auf den Horizont.
„Mein Schwager hat eine größere Motorquatze,
der will nicht mehr raus auf See, hat es mit der Blase,
da übernehme ich seinen Kahn.“

Julius schaut seinen Freund an.
Per Hansens Augen glitzern,
der würde das Geschäft sofort abschließen;
Julius sieht es ihm an, ergreift wieder das Wort.
Er versucht zu handeln. Vielleicht könnte man ja
mit dem Preis heruntergehen. Der ist hoch.

Ein bisschen zu hoch.

Der Fischer lässt seine Zigarette
mit einer verächtlichen Geste fallen und tritt sie aus.
„Willste nen Motor oder nich?
Wenn de kein Geld anfassen willst,
kauf dir ne Jolle und ruder.
Kommt, ihr Landratten, ick nehm jau mit rut."

Er steuert den Kutter durch den alten Strom,
vorbei geht es am Leuchtturm, vorbei am Molenfeuer.
Die Boote um sie herum werden weniger.

Dann geht es auf das freie Wasser zu,
der Motor unter ihnen hämmert
durch die Holzbohlen gedämpft,
man könnte sich daran gewöhnen.

Der kleine Kutter zieht an den anderen Booten vorbei,
vor den drei Männern liegt die offene See,
silbrige Küstenstreifen, grauweiße Wolkenbündel
vor dem endlosen Blau.

Ich muss Frieda mit hinausnehmen,
denkt Julius und spürt den Wind im Gesicht,
damit sie das sieht, dann versteht sie, was ich meine,
und Eddi, ich muss das dem Eddi zeigen,
dann wird er ein Seemann wie ich,
so ein Seemann wie ich.

Kurz darauf sitzt der Seemann in einem Waggon
der dritten Klasse, die Dampflok zieht ihn
von Warnemünde über Rostock nach Stettin.
Julius Berndt ist stolzer Besitzer eines motorisierten Kutters,
die Männer sind sich einig geworden.

Die Warnemünder Bank hat den Kredit gewährt.
Den zusätzlichen Kredit, den sie für die Netze brauchen,
für die Ausrüstung, zusätzlich zum zinslosen Reichsdarlehen.
Ein feiner Herr mit weißem Kragen und
schwarz glänzend gescheitelten Haaren
saß wohlwollend vor ihnen, fast väterlich,
es gab sogar Zigarren zum Abschluss des Geschäfts.
„Aber die Raten, die müssen pünktlich gezahlt werden,
machen Sie sich nichts vor, meine Herren;
da haben sich schon viele verrechnet."

Dann war der Vertrag unterschrieben.
Und vom Vogt haben sie ihr Schiffszertifikat erhalten.
Mit Siegel und Unterschrift.

Julius hat noch den leeren Umschlag,
ein einfacher, brauner Papierumschlag,
in dem er das Geld gespart hat all die Jahre
für diesen Augenblick,
für dieses kleine Boot,
Lieselotte.

Er fängt an, das Boot zu zeichnen
auf den leeren Umschlag.
Er muss Frieda doch etwas zeigen,
sie hat es nicht so mit Worten, sie braucht ein Bild,
damit sie es vor sich sieht, das kleine Boot,
ihre Zukunft.

„Hübschet Ding", sagt eine Stimme neben ihm,
da hat ihm jemand über die Schulter geschaut,
er blickt in ein verwittertes Gesicht
mit hellen Augen, buschigen grauen Brauen,
Bartstoppeln, ein Grinsen mit Zahnlücken.
„Smuck Ding", wiederholt der Fremde.

„De hebb ick köfft", sagt Julius. „Het een Motor."

„Biste Fischer?"

„Ick was up See", sagte Julius,
„up all Kontinenten, blot Australien,
bit dorhen bin ick nich west.
Avers Amerika…"

„Biste Fischer?"

„Dat kann man lehren, denk ick", sagt Julius.

„Jo", bestätigt der Fremde, „dat kann man lernen,
weil dat ein Handwerk is. Dat lernt man eben.
Was för'n Motor is in dem hübschen Boot?"

„Ein Original-Brons-Motor. 8 PS", erklärt Julius.

„Deutschet Fabrikat", schlussfolgert der andere
und schüttelt bekümmert den Kopf.
„Uf See, da gibt dat nur eins:
Dänische Motoren.
Die laufen."

Julius lacht. „Son Quark.
Waarum Dänemark?
Düütsland boet prachtige Motoren."

Der Fremde fährt sich mit der Hand
durch die dünnen grauen Haare,
er wiegt den Kopf hin und her.
„Vielleicht für Automobile.
Aber ufm Wasser is allet anders als uffer Straße.
Salzwasser, Sand, Wind – naja, egal.
Was ick sagen will, mein Freund,

105

is wirklich ein hübschet Boot."
Er kichert und holt einen Flachmann aus der Brusttasche.
„Trinken wir uf dein Boot, mein Freund."

Er trinkt, dann reicht er das Fläschchen hinüber.
Julius nimmt einen tiefen Schluck,
es brennt auf eine gute Art.

„Wie heißt dein Boot?"

„Lieselotte", sagt Julius. „In Warnemünde hebben all Boten
Wichternamen."
.

„Wat förn Name", der Alte kichert.
„So ist dat aber och, weißte, mein Freund,
so ein Motor is wie ne Deern,
um dat de dich kümmern musst,
die immer wat braucht,
dat richtige Öl, gut geschmierte Kolben."

Schallend muss Julius lachen
über diesen Vergleich.

„Jo", meint er und nimmt gleich
noch einen Schluck aus dem kleinen Fläschchen,
„dann is mien Boot jüüst dat Rechte för mi."

Er meint es so, wie er es sagt.
Trotzdem nimmt er sich die Worte des Fremden zu Herzen.
Er muss lernen, wie man Fische anlandet,
er muss wissen, wie ein Schiffsmotor funktioniert.
Das mit den geschmierten Kolben und dem richtigen Öl
hat er sich gleich notiert neben seiner Zeichnung.
Er wird sich um die Lieselotte kümmern.

Aber jetzt treibt es ihn nach Hause.

Als er in Stettin auf dem Bahnhof ankommt,
ist es schon dunkel. Sie wird schon schlafen,
denkt er und sieht sie vor sich,
dort in ihrer Kammer, gemeinsam mit den Kindern,
mit offenen Haaren, so nah bei ihm, und doch -
Seemeilen entfernt. Unerreichbar.
Aber alles ist gut.
Es gibt keinen Grund zu klagen, denn Julius Berndt
weiß um seine Pflicht.
Er hat es sich geschworen.

Damals schon, als er, der Älteste von acht Geschwistern,
endlich merkte, wie leer der Blick seiner Mutter war,
als er die bleichen, hohlen Wangen endlich wahrnahm.
Wenn sie aufschaute von ihrer Arbeit,
dann sah er den gehetzten Ausdruck
eines geschundenen Tieres, ausgeliefert und müde.

Er war fünfzehn, als er sich gegen den Vater wandte,
„Süchst du neet, dat hör dat vernelt,
waarum latst du dat tau?"
Da holte der Vater aus - ein kräftiger Mann -
und Julius flog durch den kleinen Raum,
krachte schmerzhaft an die nächste kahle Wand.
„Ick büns?" brüllte der Vater ihn an.
„Ick büns? Well suggt an hör, bün *ick* dat?
All Dag gah ick in de verdüllte Hell,
dat ji wat to freten hebbt,
von froh in Düstern bit allwedder düster is.
Aver *ick* bün schüldig? Wa?
Kiek hen, du Dussel, well an hör suggt, kiek hen."

An diesem Abend schnürte Julius sein Bündel
und heuerte als Moses auf dem nächsten Schiff an.
Er sah seine Geschwister und seine Eltern
nie wieder.

Er hatte nicht vorgehabt, sesshaft zu werden,
niemals, bis er auf diese kleine Frau traf,
die so herzlich lachen konnte, dass einem
das Seemannsherz aufging, so dass
ungeahnte Sehnsucht darin wuchs.

Julius erinnert sich gut an jenen Abend,
als er von einer kurzen Fahrt nach Hause kam.
Die Familie saß vor einem Topf zerkochter Kartoffeln.
Das jüngste Kind war geboren, seine kleine Käte,
das winzige Baby lag in den Armen der Mutter,
doch alle waren sonderbar still und gedrückt,
die Augen der Kinder rot und verweint,
dann sah er Elses Hände
eingewickelt in weiße Binden.
Eddi fütterte seine große Schwester unbeholfen,
dann hielt der Junge inne und starrte den Vater an,
als würde er etwas Verbotenes tun.
„Wat geiht hier tau?" fragte dieser donnernd
voller Schrecken und starrte seine Frau an.
Frieda blickte stumm zurück.

Es war der Blick seiner Mutter.

9.   Kapitel: Pommern adé

Frieda, Julius und Per Hansen
hocken abends am Küchentisch
in der Berndtschen Stube - so manchen Abend,
denn es gibt viel zu besprechen,
viel zu planen, aber vor allem gibt es
viel zu rechnen.

„Wir fischen in der Hochsee", erklärt Per Hansen,
„dort gehören die Fische nur dem lieben Gott.

Jedenfalls is dat so bei Warnemünde."

Hochsee klingt gefährlich, aber Frieda fragt nicht.
Sie hat ganz andere Sorgen,
wenn sie in das kleine Haushaltsbüchlein
die Zahlen schreibt, die monatlichen Kosten.
Wer hätte das denn gedacht, dass alles so teuer ist,
wo sie doch nur Fische fangen und Fische
verkaufen wollen. Mehr nicht.

Das Boot braucht einen Liegeplatz im Hafen,
Frieda braucht einen Stand auf dem Rostocker Markt,
beim Rostocker Gewett muss ihr Gewerbe gemeldet werden,
was eben auch Geld kostet. Die Versicherung.
Dann all die Kredite.
Und wo sollen sie wohnen?

Per Hansen ist bereits weg von der Stettiner Werft,
ab nach Warnemünde, um alles zu regeln,
er schläft auf dem kleinen Boot, ist ja Sommer.
Julius guckt ganz neidisch, wenn der Freund
davon spricht, auf einem Boot zu schlafen, das wäre
wohl was anderes als auf einer Küchenbank.
Frieda schaut ihren Mann scharf an.
Wie seine Augen glänzen, wenn der
von der Lieselotte spricht!
Das ist kein Name für ein Boot, findet Frieda,
so heißen nur Kühe, aber niemand hat sie gefragt.

„Da mutten wi ornlich Fiske verkopen",
sagt sie mit Blick auf die Zahlen.

„Dat word all", sagt Julius,
„dei annern Fisker leven ok daarvan,
blot dei erste Tied, dei word hart,
wi mutten ein Spannwark betahlen för dat Umtrecken,

109

dann för dei neje Wohnung, dei Anfang word düür."

„Wat söll dat för ein Spannwark sün",
fragt Frieda, „för all dat Kraam?"

Die Männer gucken sie beide an,
bleiben stumm, bis Frieda selbst die Antwort gibt,
mit einem Seufzen nickt sie, schicksalsergeben,
„Da wern wi dat meeste woll verkopen."

Von Lieschens Geld, den zwanzig Mark,
die sie für den Start in Warnemünde bekommen hat,
sagt sie nichts.
Das Tüchlein voller Münzen - versteckt
unter ihrer Wäsche - ist doch in all der Unsicherheit
wie ein kleines Rettungsboot.
Das will sie halten und bewahren,
solange es nur geht.

Mit jedem Tag, an dem Julius in die Werft muss,
wird er mürrischer, was sonst nicht seine Art ist,
dauernd schaut er auf den kleinen Kalender neben der Uhr,
dann ist es endlich so weit, er hat seine Papiere
und die letzte Lohntüte.

Wie ein entlassener Sträfling seufzt er auf,
sinkt auf den Küchenstuhl und zündet sich
eine Pfeife an.
Frieda hält die Lohntüte zwischen zittrigen Fingern.
Das war es nun, ab jetzt gibt es keinen Lohn mehr,
ach, es muss gelingen, es gibt kein Zurück.

Julius packt seinen Seesack und macht sich auf den Weg,
Frieda bleibt mit den Kindern zurück, so ist es ausgemacht.
Die beiden Männer müssen erst einmal schauen,
wie es läuft, das Handwerk will gelernt sein,

und eine Wohnung muss ja auch gefunden werden,
für die ganze Familie ist der Kutter zu klein.

„Aver ick", sagt Eddi, „ick kann mit uff den Kutter,
da brukste nur ne Wohnung för Muddi und de Mäken,
aver mich nimmste mit an Bord, nich?"

Julius fährt seinem Jungen durch das kurze Haar,
streicht seinen Mädchen über die Wangen und nickt.
„De anner Saterdag bün ick wedder hier, mien Frieda.
Mit de eerste Geld hol ick di und de Kinners."

„So mak wi dat," sagt sie.

Dann geht es ans Sortieren, Frieda Berndt verkauft,
was sich nur verkaufen lässt, das gute Rosengeschirr,
die Vorhänge, zwei Töpfe, die große Zinkwanne.
Die kann sowieso niemand mehr die Treppen hochtragen.
Sie verspricht den Kindern, dass diese bald
in der Ostsee baden werden, die Kleinen können
vor Ungeduld kaum schlafen.
„Wann halt de Vadder uns, wann denn?"

Am Wochenende kommt ein Telegramm
mit zwei Worten: Komme stop nächstes stop.
Zwei Worte nur, denn Telegra
mme sind teuer.

Da sitzen sie also, und die Lohntüte ist schon leer, gut,
dass Frieda noch Flickwäsche für den Kommerzienrat hat,
dann die große Uhr zum Pfandleiher,
ihre guten Handschuhe und
die Konfirmationskette ihrer Mutter ebenfalls.

Den Strohhut mit dem bunten Band behält sie,
den wird sie brauchen, wenn sie sonntags

auf der Strandpromenade spazieren geht,
in Warnemünde an der Ostsee, zwischen den Kurgästen.
Wenn die Leute ihr zulächeln: „Moin, Frau Berndt!"
Ja, so wird es sein, und falls jemand sie nicht erkennt,
wird eine andere hinter der vorgehaltenen Hand sagen:
„Das ist doch die vom Fischereibetrieb Berndt & Hansen,
aus Stettin sind die gekommen,
feine Leute sind das."

Sie verkauft die bestickten Deckchen, eine Pfanne,
den Kartoffelstampfer und die kleinen Löffel.
Was soll sie mit kleinen Löffeln,
wenn sie keine Kaffeetassen mehr hat?

Als die Nachbarinnen merken, was geschieht,
kommen sie und gucken, suchen sich etwas aus,
als wäre die Berndt'sche Wohnung ein Krämerladen.

„Kann ick den Küchenschrank haben?"
fragt die Kaluschke. „De Glastüren gehen doch
zu Bruch, wenn de den uff dat Fuhrwerk packst."

Frieda nennt ihren Preis. Es ist ein schöner Schrank.
Die Kaluschke schnappt empört nach Luft und geht,
aber am nächsten Tag erscheint ihr Mann
und schleppt mit einem Freund das gute Stück
aus der einen Wohnung in die andere.
Was soll's, denkt Frieda, schiebt das Geld
unter ihre Wäsche, was braucht sie einen Schrank,
wo sie doch kein Geschirr mehr hat.

Am Wochenende kommt kein Vadder, kein Julius,
sondern ein Telegramm: Komme stop nächstes stop.

Der letzte Schultag vor den Ferien kommt,
Else und Eddi werden von der Schule abgemeldet.

„Wissen Sie denn, was Sie tun, Frau Berndt?",
mahnt der Studienrat. Kleine strenge Augen
durchbohren sie. „Das haben doch schon
so viele versucht und sind gescheitert.
Was ist nur in die Leute gefahren,
denken alle, der Reichtum liege auf der Straße.
Fleiß und Bescheidenheit – davon will keiner
mehr was wissen, Frau Berndt, so ein Abenteuer
mit vier kleinen Kindern! Närrisch.
Schicken Sie die Kinder dort bloß zur Schule,
das lege ich Ihnen ans Herz, Frau Berndt,
so etwas gerät schnell ins Hintertreffen,
wenn es ständig um das eigene Geschäft geht,
aber die Kinder brauchen die Schule,
das mahne ich an, Frau Berndt,
das ist Ihre elterliche Pflicht,
gerade die Else, die hat einen so hellen Verstand
für ein Mädchen, eine Freude ist das,
und ihr Edmund, na, aus dem wird auch noch was."

Am Nachmittag geht Frieda mit dem Flickenkorb
zum Haus des Kommerzienrates.
Die Kinder hat sie bei Lieschen gelassen.
Diesen Weg will sie allein gehen.

„Das hat aber diesmal ziemlich lange gedauert",
stellt die Wirtschafterin fest, nimmt die Wäsche entgegen,
zieht aus einem kleinen Beutel an ihrem Gürtel
ein paar Münzen hervor.
„Das Mädchen haben Sie nicht dabei, Frau Berndt?
Haben Sie denn nicht mit dem Vater gesprochen?
Gibt viele Mädchen, die eine solche Stellung
gerne hätten. Die Kleine soll morgen mal kommen,
dann schaue ich mir an, wie sie sich macht."

„Nei", sagt Frieda, „mien Elseken,

dat ward kein Dienstmagd, all mien Dagen nich.
Un eins: Dat is dei let Flickwäsch.
Wi gehn weg, mien Mann hevt ein Kutter, wir maaken
ein Fiskeri in Warnemünde."

Sie schiebt den kargen Verdienst in ihre Rocktasche,
wendet sich ab, das verblüffte Schweigen hinter sich,
was für ein Fest, was für ein Triumph,
es jubelt in ihr, sie möchte tanzen,
in ihrem Rock klimpern die Pfennige,
heute Abend gibt es auf jeden Fall
für jedes Kind ein Würstchen.

Die Berndt'sche Wohnung wird kahler und leerer,
in den Ecken stehen Körbe mit Wäsche und
dem Nötigsten, gekündigt ist auch schon,
Frieda hat schon keine Miete mehr bezahlt,
man will ja nicht doppelt zahlen. Wozu denn.
Gewiss hat Julius schon eine Wohnung in Warnemünde,
die muss ja auch bezahlt werden.

Am Samstag, dem besten Tag der Woche,
sitzen sie über ihrer Linsensuppe, alle auf der Küchenbank,
Frieda mit Else, Eddi, Lotte und Käte,
dicht an dicht, die Stühle sind schon fort,
ein wenig beklommen ist allen zumute.
Immer wieder blicken sie zur Tür.
Jetzt müsste er doch kommen und sie holen, oder
zumindest ein Telegramm.

Als es klopft, eilt Frieda zur Tür,
nicht schnell genug kann es ihr gehen,
aber es ist nur der Verwalter
mit einem jungen Paar, die wollen die Wohnung sehen
und einziehen. Eilig haben sie es, die junge Frau
ist schwanger und freut sich. „Ach so hell,

hier scheint ja die Sonne hinein."

Der Verwalter blickt finster. „Wat machen Sie denn
noch hier, Frau Berndt, Sie sehen doch,
die junge Frau trägt was, die braucht
ein Dach über dem Kopf. Nun packen Sie mal
Ihre Siebensachen, schnappen Ihre Gören
und machen sich davon mit Ihren großen Plänen,
wat is denn nu mit Ihrem Warnemünde?"

„Is ja man gaud, is ja man gaud", sagt Frieda und guckt.

„Der Vadder kommt ja heute, der holt uns",
kommt Else ihr zu Hilfe.

Skeptisch betrachtet der Verwalter das Mädchen:
„In dem Alter darf man noch träumen!"
Sein Lachen klingt gehässig, dann wendet er sich wieder
zu Frieda: „Heute Abend sind Se weg hier!"

Der Mann von der Kaluschke hilft ihr,
die Betten auseinander zu bauen, dafür
kriegt die alte Kaluschke
die beiden kleinen Kommoden und den hübschen Spiegel,
ihr Mann darf die Werkzeugkiste vom Julius behalten.
Was soll's, denkt Frieda, is weniger zu schleppen.
Die alte Wiege hat sie der jungen Schwangeren
verkauft, die nun einziehen wird
in Friedas schöne Wohnung.

Zum Glück kennt der Mann von der Kaluschke
jemanden mit einem großen Karren,
da laden sie alles drauf, die Matratzen, die Bretter,
die Körbe, die große Seekiste und die Küchenbank,
viel ist es ja nicht mehr, aber schwer genug.
Ächzend ziehen sie den großen Karren,

ein Pferd gibt es leider nicht dazu, aber
der Kaluschke fasst mit an.

„Das kann man ja nicht aushalten", brummt er,
„wie die arme Frau sich plagt,
man möchte dem Kerl da oben in Warnemünde
mal die Seemannsohren langziehen."

Else und Eddi müssen laufen, nur die Jüngsten
sitzen oben drauf. So manch spöttisches Gesicht
zeigt sich hinter den Fensterscheiben,
(ja, ja die Berndts, die wollen hoch hinaus)
sie ziehen und schieben den Hausrat durch die Straßen,
schnaufend bis vor Lieschens Wohnung.
Dann schleppt der alte Kaluschke noch all die Bretter
die Treppe hoch, ächzend und grummelnd.
Dafür gibt Frieda ihm eine Flasche Schnaps,
da ist er zufrieden und zieht mit dem Karren davon,
den Schnaps in der Jackentasche und
im Herzen bestimmt die Gewissheit, etwas Rechtes
getan zu haben für die arme Frau Berndt.

Die Schwester jedoch
schlägt die Hände überm Kopf zusammen,
„Frieda, wat sall dat denn alls wörn?"

Zum Glück gibt es das kleine Hinterzimmer,
dort schieben die Frauen die Mattratzen hinein, die Bretter
stapeln sie an der Wand, die Küchenbank
kommt quer davor, die Körbe
übereinander.

„Wo sallen wi nu schloapen?", fragt Frieda
mit Blick auf das Durcheinander.

„Ach lat dat mal mien Sorg sin", winkt Lieschen ab,

„du schloapst mit dei Kinners in grode Bett."

Also legt sich Frieda mit allen Kindern
in Lieschens Ehebett, das ist eng,
ihre Arme sind voller Kinderköpfe,
Ärmchen, Beinchen überall,
und ihr Herz voller Sorgen.

Am nächsten Morgen wird es früh hell,
die Sonne gibt frischen Mut, sogar die Kinder
strahlen wieder, der Tag fühlt sich an
wie ein Abenteuer, irgendwie.

„Komt dei Vadder nich taurück", meint Frieda,
„jückeln wi eben tau hüm."

Jedes Kind bekommt ein Bündel
auf den Rücken gebunden mit etwas Kleidung und Brot,
Frieda nimmt den großen Korb und einen Rucksack.

„Die Kasse", ruft Else, denn die Mutter hat ihr
eine kleine Blechkassette gekauft mit Schloss,
den Schlüssel trägt das Mädchen um den Hals,
seit Wochen schon, den gibt sie nicht mehr her.

Also auch die Blechkiste in den Korb geschoben,
alles andere, verspricht Frieda,
holt der Julius dann mit einen Fuhrwerk
nach Warnemünde.

„So mak wi dat", sagt Lieschen.

10. Kapitel: Kein Boot – keine Fische

Hein kratzt sich unter der Strickmütze,
runzelt die wettergegerbte Stirn.
„Da ist nix to machen, dat braucht neue Dichtungen.
Die müsst ihr koofen, dann baue ick euch dat ein,
man hilft, wo man kann."

Zu dritt stehen sie vor dem Bootsmotor,
diesem vermaledeiten, der schon wieder
nicht läuft, und jetzt auch noch neue Dichtungen.
Dabei haben sie ihn doch gepflegt,
das richtige Öl gekauft, auf alles geachtet,
immer kontrolliert, geschmiert und was auch immer.

„Is halt ein Motor", knurrt Hein,
„die sind kompliziert. Zumindest auf See."

Julius und Per Hansen gucken sich an,
dann wieder zu Hein und schließlich gemeinsam mit ihm
auf den stummen Bootsmotor.

Julius räuspert sich. „Mann, Hein,
waarher sallen wi dat Geld nehmen,
wi hebben siet een Week kein Fang hat.
Wo sall dat denn herkomen?"

„Dat ist der Fluch", nickt Hein wissend,
„ohne Boot gibt's keine Fische und ohne Fische
kein Boot."

„Und du?", fragt Julius, „Wat is mit dien Motor
in dat Boot, dat de von dien Swager overnohmen hest,
wat groter is as de Lieselotte?"

„Neit völ", Hein macht eine unbestimmte

Handbewegung, als wisse er es gar nicht so genau.

„Und dei Motor?", fragt Julius hartnäckig weiter,
weil er es nicht lassen kann. „Ein dänischer?"

„Jo", antwortet Hein.

„Und dei löpt?"

„Jo, dei löpt."

„Waarum hest du nich ook in dien Kutter
een dänischen Motor einboen laten,
wenn dat so goot löpt."

Hein zuckt mit den Schultern. „Reichsdarlehen
gibt dat eben nur för deutsche Motoren."

Eine Weile starren sie sich an. Hein kratzt sich
wieder unter seiner Strickmütze, dann sagt er:
„Kommt, wi gahn to Minna, ick gev jau een ut."

Es ist Sonntag,
und die Kneipe füllt sich am Nachmittag.
Alle hören sich geduldig das Leid der beiden Stettiner an.
Dann geben sie ihnen noch einen aus.
Eigentlich mögen die Warnemünder Auswärtige nicht,
aber diese beiden haben sie ins Herz geschlossen.
Irgendwie sind sie lustig, die Jungs aus Pommern,
das ist prima Unterhaltung, besser als das Kasperle-Theater
auf dem Rostocker Jahrmarkt.

„Ihr künd ja Netze knütteln,
dit geiht alltied", schlägt einer vor.

„Nee, dat is to min",

schüttelt Julius trübsinnig den Kopf.
„Ick mutt dei Kamer betahlen
för de Fru und de Blagen."

„Fru un Blagen heste ok noch?
Wo heste die denn?"

„Sei wachten in Stettin, dat ick se hal."
Julius dreht sein kleines Glas zwischen Daumen
und Zeigefinger hin und her. „Nu heb ick
nich maal dat Geld för dat Telegramm."

„Wat willste denn och schreiben?",
gibt Per Hansen zu bedenken.
„Etwa schon wedder: Komme Stop Nächstes Stop?
Wäre doch ooch glatt gelogen."

„Wat maaken wi nu, Hansen, wat maaken wi blot?"
Julius starrt ins Leere.

„Ach, kumm, min Jong,
kipp nen Klaren, dann wird dit leichter",
schlägt einer der Fischer vor und klopft
dem Betrübten auf die Schulter.

„Hest du ook son verdammten düütsen Original-Brons
in dien Kutter?", will Julius wissen.

„Nei", knurrt der Alte, „min Jolle hät Segel,
ick fahr mit'n Wind as min Vadder.
Dit is dat beste, weil dat immer so war.
Motoren, da hev ick nix mit an Hut."

„Der Kaiser seggt, wir sallen düütse Motoren kopen,
die Düütsen verstahn sük up dat Motorenboen,
dat könen dei beter as all annern!", behauptet Julius.

„Jo, jo", nickt der Fischer, „wi sünd ja ook kaisertreu,
aver weißte, min Jong, de Kaiser is ein gaude Mann,
blot dei versteiht nun man grad so gar nix von dat Fisken,
mut hei ook nich, hett ja genoog annerswat tau maken."
Der Fischer grinst.

„Hansen, wi bruken ook so'n
dänischen Motor", erkennt Julius scharfsinnig.

„Dat is wahr", stimmt der Freund ihm zu,
dann stoßen sie die kleinen Gläser
gegeneinander und schlucken den Klaren herunter.

„Wi hebben abers keen Geld", sagt Julius.

„Weil wir keine Fische nich landen", sagt Per Hansen.
„Weil de verdammichte Kutter nich fährt."

„Jo", bestätigt Hein von der Seite, „wat ick seggt heb,
ohn Boot, keen Fisch, ohn Fisch, keen Boot."
Damit verabschiedet Hein sich, er muss nach Hause.

„Goot, dat de all wech is, de olle Kauelmors",
brummt der alte Fischer. „Hei immer mit sin Motoren.
De war tau lang in Rostock anner School. Dat hörste.
Wat de schnackt."

„Ick mut ook na Hus", sagt Julius,
„na Stettin mutt ick, wat soll ick de Frieda blot seggen.
Oh Mann, ich bliev man doch beter hier."

„Hast sowieso kein Penunse för de Fahrkarte",
stellt Per Hansen fest.

„Waarum het eegentlich nüms van jau de Kutter köft

121

vom Hein. Mit een Motor ist doch man einfacher
und dat brengt mehr, waarum is dat nix för jau?",
fragt Julius in die Runde.

Die wettergegerbten Gesichter starren ihn an.
„Weil de Hein een Stinkbüdel is", meint einer.
„Ach, allet Quark", knurrt ein zweiter.

Der Alte aber, der ihn zum Schnaps ermuntert hat,
nimmt sich ein Herz. „Weißte, Berndt, dat mit de Motoren,
dat is nix för uns. Wi fisken up uns Wies. So het min Vadder
gefiskt un min Grotvadder. Warüm söllen wi dat ännern?"

„Dei Motor hört de Tokunft, so blind köönt ji nich wesen",
erwidert Julius. „Dat brengt mehr Fiske, dat weet ji."

„Jo", sagt der alte Fischer. „Mehr Fiske för Rostock.
Un denn sinken de Priesen. De groden Netze reißen
alls mit sük, fisken alls leeg, und wat is
för dat nächste Jahr? Smacht! Lat mi in Ruh
mit de Motoren."

„Ji holt dat nich up", sagt Julius.

„Nei", sagt der Fischer, „kloar. Wi künd nix mockn.
Wat kommen söll, dat kömmt,
und dann isset even, wie et is."

Hein ist plötzlich wieder da, eben war er doch schon
auf dem Heimweg, nun ist er wohl umgekehrt,
schaut in die Runde und verkündet: „Ick bleve noch!"
Daraufhin bestellt er drei weitere Klare,
zwei davon schiebt er den beiden Stettinern hin.

„Glöv mi, de brukt ji gliek", sagt Hein.
„Mi is wat infallen, dat muss ick jau vertellen."

Er zieht seine Strickmütze von den struppigen Haaren
und setzt sich verkehrt herum auf einen Stuhl,
die Unterarme auf die Rückenlehne.

„Dat geht nämlich darum", erklärt er wichtig,
„man söll mit dem Meer nich spielen,
is kein Spielerei nich, die See,
sondern ne ernste Angelegenheit,
und dat vergessen de Fremden schnell.
Dat is mi in de Sinn kommen,
as ick eben son lütten Berliner buten sehn heb,
dor an Strand, een lütten Steppke, aber de was ein bissken
as jau beiden. Da könnt ji wat lehren van."

Julius will keine lehrreichen Geschichten,
er weiß ja, worauf der Fischer hinauswill.
Sie gehören hier nicht her, das will Hein ihnen stecken,
weder er noch Per Hansen, Werftarbeiter sind sie,
vielleicht auch Seeleute, aber keine Fischer,
und von Motoren verstehen sie gar nichts.
Und nur sehr wenig vom Meer.

Hein fährt ungerührt fort:
„De Lüttje, de wull mit de Wellen spölen,
wull se angriepen! As son tollkühner Haudegen
is he dor achter an west,
und wenn se angerollt kamen,
peste he vun af, aber dann kam eben een Welle,
groter als de davör und sneller as elke anner,
de smiet hum glatt um, da lag he in natt Sand
und bölkte as an Spieß, he satt in een Kuhle,
dat Water umspülte sien lüttje Moors
und er bölkte, as wull hum een dreiköpfiger Kraken freten,
so bölkt he."

Julius seufzt, was gehen ihn die schreienden Kinder

der Kurgäste an, ob sie ins Wasser fallen oder nicht,
was interessieren ihn die merkwürdigen Gleichnisse
eines verschrobenen Warnemünders.

„Aber dat Beste kommt noch", sagt Hein begeistert,
„wie seine Mudder ihn aus dem Wasser zerrt,
verzieht sie keine Miene, keinen Ton gibt sie von sich, -
doch dann kommt die Schwester
von dem Unglücksraben, auch so'n Dreikäsehoch,
kaum größer als er und schimpft wie son Rohrspatz.
Ach nei, wie zehn Rohrspatzen.
Ick segg euch, wer so ne Schwester hat,
der brukt kein Eheweib."

Die Umstehenden lachen schallend,
eine gute Geschichte, des lütten Berliners am Strand,
sowas ist immer einen Lacher wert.

Julius nimmt das kleine Schnapsglas,
dreht es wieder zwischen Daumen und Zeigefinger.
Das Gelächter der Männer schwirrt an seinen Ohren vorbei.
„Hansen", sagt er. „Ick bin rut.
Ick gev up."

„Wenn de kleinen Berliners da am Strand
mal nich och ut Pommern kömmen!"',
feixt Hein vergnügt in die Runde.

„Julius!", sagt Per Hansen erschrocken.

„Nee, ick höre neet mehr up di!"
Julius schüttelt eigensinnig den Kopf.
„Dat ist vörbi mit der Fiskeri. *Ein* Hunnewurm langt
för dat heele Leven." Julius fasst sich an die Brust,
dorthin, wo der Hundebandwurm sich verkapselt hat,
das zumindest hat der Arzt gesagt.

124

„Julius!", sagt Per Hansen noch einmal.

„Ick bin rut!", wiederholt Julius und schaut auf,
aber der Freund sieht ihn gar nicht an.
Pers Blick wandert ruhelos herum,
prüfend, fast misstrauisch, als versuche er
dem Gelächter der Warnemünder
eine geheime Botschaft zu entlocken.

„Julius", Per Hansen räuspert sich, „Julius,
vielleicht gehst du lever an den Strand
und guckst mal bei die Familie. Wenn de wirklich
ut Pommern sünd…"
In seiner Stimme schwingt ein alarmierender Ernst.

Das lässt Julius Berndt aufhorchen,
mit einem Mal bekommen der fremde Junge,
der tollpatschig ins Wasser gefallen ist,
und seine aufbrausende Schwester
Gesichter, sehr vertraute Gesichter.
Julius fährt mit einem Ruck hoch.
In der Kneipe wird es still, alles starren ihn an,
aber das merkt er nicht, zu sehr hat er damit zu tun,
sich aufrecht zu halten.

Per Hansen erhebt sich ebenfalls,
will dem Freund helfen, aber so ganz klar ist nicht,
wer hier wen stützen kann oder will.
Schwankend verlassen sie Minnas gastliche Stube.

Als die Kneipentür hinter ihnen zufällt,
brandet drinnen wie eine hereinbrechende Flutwelle
das schallende Gelächter der Warnemünder auf.
Beste Unterhaltung, die beiden aus Pommern,
besser als das Kasperle-Theater
auf dem Rostocker Jahrmarkt.

Schon von weitem sieht Julius die kleine Familie am Strand.

„Kummst du mit?", fragt er seinen Freund.

„Nee", sagt Per Hansen, „ick gehe to Anna,
Ick segg ihr, dat Besuch kömmt, irgendwo
müssen se ja hin, dien Wip und de Kinners.
Und ein starken Kaffee wird sie för dich kochen
die Anna. Den brukst de."

„Wat sall ick seggen?"
Julius stiert ratlos vor sich hin.
„Wat segg ick blot?"

„Vielleicht hörste erst mal to", schlägt der Freund vor,
„ick denke, dein Wip hat dir einiges to vertellen.
Du hältst för dat Erste dien Schnute,
sonst riecht se gleich den Schnaps."

Ganz allein geht der gescheiterte Fischer
auf den Strand zu, da kommen ihm seine Kinder
juchzend und winkend entgegengelaufen,
als erster der Edmund, wie ein kleiner Wicht
in seinem Einteiler, den trägt er,
weil er ja ins Wasser gefallen ist, dann die Käte
auf ihren kurzen schnellen Beinchen,
schließlich liegen alle vier in seinen Armen,
er geht in die Knie.
Ihm wird klar, wie sehr er sie vermisst hat,
seine kleine Schar.

„Zeigste dei Kutter?", betteln sie.
„Wrum büst de nich kommen?" fragen sie,
„Wo is unser Stuw, künnt wi up de See rut?"
„Muddi hat mir eine Geldkassette gekauft,
den Schlüssel habe ich, guck doch mal,

nun guck doch mal, ich trage ihn um den Hals."

Durch das Stimmengewirr hindurch, über ihre
Haarschöpfe hinweg, blickt er zu der Frau,
die sich erhebt, die den Rucksack schultert,
den Korb greift, die nasse Kleidung des Jungen,
dann auf ihn zukommt, vor ihm stehen bleibt.

„Na", sagt Frieda, „da kiekste."

11. Kapitel: Die guten Momente

Anna und Fritze sind famose Leute,
das merkt Frieda gleich.
Sie sitzen in der Stube um den guten Tisch.
Anna füllt eine dicke Suppe in blauweiße Teller,
die ausgehungerten Kinder beginnen eifrig zu löffeln,
nur Lotte zeigt mit dem kleinen Finger
angewidert auf etwas grau Gehäutetes. „Was issn das?"
„Dat is Fisk", erklärt Anna fröhlich,
„künnste eten, smeckt gaud."
„Gewöhn di dran", sagt Frieda.
.
Fritze zeigt den Kindern den kleinen Garten,
hier zieht Anna Gemüse und Kräuter, die Kinder dürfen sich
Johannisbeeren aus den Büschen klauben,
die sind ein bisschen sauer.
Gackernde Hühner hat Anna auch,
aber Lotte hat Angst vor dem Hahn. „Dei kiekt so!"
„Pah!", sagt Eddi und jagt das Tier.

Der Kaffee ist stark und tut gut,
schon wie der riecht. Frieda nippt
an der blauweißen Tasse, wie schön ist es doch,
angekommen zu sein.

Per Hansens Schwester ist keine gebürtige Warnemünderin,
ursprünglich. Zusammen mit ihrem jüngeren Bruder
kam sie aus Friesland und ist hängengeblieben
an der Warnow-Mündung, natürlich wegen Fritze.

„Friesen un Warnemünder, dat passt tosamm",
sagt Fritze und grinst.
Er sitzt mit Julius und Per auf der Kante vom Ehebett.
Der ovale Stubentisch reicht nicht für alle.
Fritze ist kein Fischer, sondern arbeitet in der Töpferei.
Die Fischerei ging nicht wegen seiner Hüfte.

Frieda nickt, die dumme Hüfte, das kennt sie,
da kann man sich austauschen,
sich gegenseitig sein Leid klagen.

Anna bereitet Betten im Hinterzimmer.
Hier hätten ihre beiden Töchter geschlafen, erzählt sie
und sucht Decken zusammen, die seien jetzt groß.
Verheiratet in Rostock, alle beide.

Frieda bedankt sich herzlich für alles,
aber Anna winkt ab, man helfe doch gerne
einem jungen aufstrebendem Unternehmen.
Dann seufzt sie und lacht.
„De lüttje Per, alltied hät hei grode Pläne,
kiek wi mol, ob dat nu glückt."

Dann gehen die Weitgereisten erschöpft zu Bett,
Else und Eddi legen sich zusammen in das eine,
wie sie es gewohnt sind,
und Frieda mit ihren beiden Kleinen ins zweite.
Noch ein bisschen fremd ist alles,
noch ist es kein eigenes Heim,
aber immerhin ein Anfang.
Ein junges, aufstrebendes Unternehmen.

Das klingt gut.

Julius kommt in das Hinterzimmer,
gerade als sie das Gebet beendet haben,
streicht seinen Kindern über die Köpf,
„Slöpt good, ick gah mit Hansen to'n Kutter."

In der Tür wendet er sich noch einmal um.
„Frieda", sagt er.
„Biste vergrellt?
Frieda?"

Ja, ist sie ihm noch böse?
Das ist eine knifflige Frage. Eigentlich
möchte sie ihm gerne noch böse sein,
weil er es verdient hat.

Sie hat noch die Worte vom Kaluschke im Ohr.
Dem müsse man die Seemannsohren langziehen,
sagte er und meinte Julius.
Die hämischen Gesichter hinter den Fensterscheiben,
als sie den schweren Karren durch die Straßen schoben,
aber Stettin ist weit.

Frieda ließ Stettin hinter sich zurück,
als sie mit den Kindern in den Zug stieg.
Wie aufgeregt die Kleinen waren, ihre erste Zugfahrt,
sie drückten ihre Nasen an den Scheiben platt
und staunten, wie die Landschaft an ihnen vorüberzog.
Erst die größeren Gebäude, dann die kleinen Dörfer.
schließlich Wiesen und Felder, nichts von alledem
hatten sie je zuvor gesehen, alles war neu.
Eddi wollte jetzt kein Seemann mehr werden,
sondern Lokomotivführer.

Als sie ausstiegen, wehte ihnen ein Geruch

in die Nasen, salzig, würzig und rauchig,
sie gingen einfach los ohne Plan,
über eine Brücke mussten sie dem Menschenstrom folgen,
aber in der Mitte blieben sie stehen,
stellten sich an das eiserne Brückengeländer und staunten.
„Nu kiekt amol!", sagte die Mutter. Vor ihnen lag der Strom
mit all den Fischerbooten links und rechts,
die hellen Segel, die dunklen Netze, Jollen und Kutter.

Wo denn ihr Kutter läge, wollte Eddi wissen.
Frieda zuckte mit den Schultern.
Sie überquerten die Brücke und hielten sich rechts,
um sie herum flanierten vornehme Herrschaften,
feine bestickte Kleider trugen die Damen,
die Anzüge der Männer waren hell,
am Ufer standen dunkelgekleidete Frauen,
wuschen ihre Wäsche und trugen schwere Bündel.

Frieda folgte mit ihren Kindern der Uferpromenade
vorbei an Cafés und Geschäften mit hübschen Auslagen,
alles strahlte sommerlich und wirkte unbeschwert.

„Ein Leuchtturm!", jubelte Else plötzlich, „Schaut!"
Sandfarben ragte auf der linken Seite ein hoher Turm
wie ein Zeigefinger in den blauen Himmel.
Vor ihnen endete plötzlich die Straße,
mündete in einen steinernen Damm,
der ins Wasser hineinführte auf einen kleineren Turm zu,
dahinter war nur noch dunstiges Blau zu sehen.
Neben ihnen erhoben sich Dünen,
noch ein paar Schritte, dann sahen sie den Sand,
so viel Sand! Vor ihnen lag der Strand,
als sei eine Postkarte lebendig geworden.
Alles war Sand, Sand, Strandkörbe und Menschen,
dahinter Wasser, endloses Wasser,
wie ein blaugrau schimmernder gekräuselter Spiegel,

der bis an den Rand der Welt reichte.

Frieda sah zum ersten Mal das Meer.

„Dürfen wi, Muddi, dürfen wi?", bettelten die Kinder
mit aufgerissenen Augen.
Trauben von Menschen standen planschend im Wasser,
die vergnügten Stimmen schwirrten durch die Luft.
Feine Leute saßen in den Strandkörben, dicht an dicht,
Kinder spielten mit Schaufeln und kleinen Eimern,
die Frauen trugen Strohhüte und helle Kleider,
Männer warfen sich einen Ball zu,
mit nichts anderem bekleidet als schwarzen Badeanzügen.
Lotte und Käte zeigten mit dem Finger darauf
und kicherten hinter vorgehaltener Hand.

„Nich da!", widersprach Frieda, „lever nich,
wo de Kurgäst sünd, da sünd wi nich richtig."

Sie blieben bei den Dünen,
in der Nähe des Stroms, wo die Häuser
bescheidener wirkten, wo keine Strandkörbe standen.

Sie zogen sich die Schuhe aus, traten in den Sand,
ihre Zehen versanken in dem warmen Geriesel,
sie näherten sich dem Wasser voller Vorsicht,
die Wellen kamen heran und strömten wieder davon
wie in einem ewigen Spiel.

Die Mutter setzte sich, stapelte das Gepäck um sich herum,
die Mädchen gruben und bauten im Sand,
rannten die Dünen hinauf und hinunter
mit einer Freude, die man greifen konnte.
Eddi ritt auf seinem unsichtbaren Husarenross
den Wellen entgegen und stürmte davon, wenn die Wellen
ihm wie ein Tross feindlicher Gegner entgegenrollten.

Frieda saß im Sand, spürte den warmen Boden
unter sich, die Sonne im Gesicht, die Brise zerrte
an ihren Haaren, riss Strähnen aus dem Dutt, die
ungebändigt ihr Gesicht umtanzten.
Sie lauschte dem Rauschen der Brandung
und dachte: Dies ist ein guter Ort.

Trotzdem war diese hoffnungsvolle Ankunft am Strand
noch nicht einmal der beste Moment des Tages gewesen.

Feierlich wurde es, als Julius ihnen den Kutter zeigte,
noch bevor sie zu Anna und Fritz gingen,
darauf hatten die Kinder bestanden, sie mussten
doch als Erstes den Kutter sehen, das Wichtigste überhaupt.
Die Lieselotte lag nicht am alten Strom,
sondern auf der anderen Seite vom Bahnhof
am neuen Strom. Hier liegen die Boote der Auswärtigen,
erklärte Julius, denn das sind sie nun einmal hier:
Auswärtige.
Aber den Kindern war es gleich, Hauptsache ein Boot,
ein eigenes Boot, die tolle Winde mit dem langen Netz,
die Kapitänskajüte mit dem Ruder und lauter Knöpfen,
und dann erst der Maschinenraum.
„Können wir losfahren?", bettelten sie.

„Een anner Mal", sagte Julius, „fahrn wi rut up See,
fest toseggt, aber nu erst maal abluuern."

Der allerbeste Moment kam am späten Nachmittag,
bei Anna und Fritz in der kleinen Stube,
als die Suppe gegessen, der Kaffee getrunken war,
als den Kindern schon fast die Augen zufielen,
da fragte Frieda endlich, wo sie denn wohnen sollten,
was habe Julius sich denn gedacht?

Da musste ihr Mann mit der Sprache heraus,

132

gewiss doch, im Gasthaus beim alten Sültow
sei ein Zimmer frei, aber die Miete,
die könne er eben noch nicht bezahlen,
weil ja der Kutter so einen Ärger mache,
nein, eigentlich nicht der Kutter,
der sei ordentlich und robust,
nur der Motor, der sei ein Ärgernis,
nun auch noch die Dichtungen,
dafür sei kein Geld da, weil sie ja gar nicht
auf See gewesen waren, nichts angelandet hatten,
keine Fische – kein Boot,
da war nichts zu beschönigen.
So lagen die Dinge nun einmal.

„Wat mut denn nu alls betahlt wörn?"
wollte Frieda wissen und ließ sich
geduldig die Kosten aufzählen,
die Miete, die Zinsen, die Steuern,
die Reparatur, die Dichtungen, der Gewerbeschein
für den Marktstand, der Liegeplatz am Hafen,
ach, da kam schon was zusammen,
aber die Taschen waren leer,
wie zwei geprügelte Schuljungen saßen sie da,
Per Hansen und Julius Berndt,
eine bittere Beichte.

„Langt dat, wat wi hewwen?",
fragte Frieda und sah Else an,
die besser rechnen kann als die Mutter.
Else nickte.
„Dat langt."

Also holte Frieda ihr Bündel hervor,
und die Münzen rollten auf den Küchentisch,
das war ein bisschen wie im Märchen,
wie, wenn eine gute Fee für ein glückliches Ende sorgt.

Ach, was für ein herrlicher Moment,
laut musste sie lachen und alle Kinder mit ihr,
obwohl nur Else wirklich begriff, worum es ging.

Aber allein schon wie die Großen guckten,
alle vier, Anna und Fritze, Per Hansen und Julius,
Augen wie Wagenräder, was war das doch
für ein feiner Moment.

Dann erklärte Else Lieschens Plan,
alle nickten, natürlich, was für eine gute Idee,
die Schwester nach Warnemünde holen,
nicht gleich, aber später, wenn alles gut läuft.
Julius zählte das Geld, fassungslos
mit zittrigen Fingern, schüttelte
den Kopf immer wieder und murmelte:
„Mien Frieda. Dat is völ."

„Naja", erklärte Frieda, „ick söllte alls verkopen.
Hew ick maakt. Nur dei Betten un dei Kledage,
dat is alls noch bei Liesschen in dat kleine Kabuff."

Was für ein Tag war das gewesen,
ihr erster Tag in Warnemünde
mit so vielen famosen Momenten,
Frieda spürt sie alle noch in sich,
so ein Tag fühlt sich an, als sei er gesegnet,
ganz ohne Kirchgang, obwohl es Sonntag ist,
dennoch liegt ein Segen auf diesem Tag,
das denkt Frieda zwischen ihren Kinder liegend,
während Julius in der Tür steht
und noch einmal fragt:
„Büst noch vergrellt?"

„Wat meinste denn?" fragt sie zurück.
Fragen ersparen so manche Antwort.

Julius räuspert sich.
„Ick denk, dat was een Fehler,
dat ick alleen nach Warnemünde bin.
Ab nu maaken wir dat tosammen, mien Frieda,
is beter."

„So mak wi dat", seufzt Frieda und schließt die Augen,
denn mehr Worte braucht es nicht.

12. Weihnachten in Warnemünde

Es ist Heiligabend,
Frieda hat geschmückt, Strohsterne
und Tannenzweige, ein Engel aus Goldpapier
hängt im Fenster, kleine Wollwichtel,
ein bisschen weihnachtlich soll's sein,
so gut es geht in dem kleinen Zimmer,
in dem sie nun wohnen.
Sie sind immer noch im Gasthaus beim alten Sültow,
Julius schläft wieder auf seiner Küchenbank,
ist zu kalt, um auf dem Kutter zu übernachten.
Winter in Warnemünde ist ein hartes Geschäft.

Anna kommt vorbei und bringt Eier,
damit Frieda ihren Kindern zur Feier des Tages
Eierkuchen braten kann.
Die werden sie dann mit dem Apfelmus essen,
das Lieschen geschickt hat, ein kleines Päckchen,
darin lag ein Brief mit der bangen Frage:
Wann holt ihr mich, wann ist es endlich soweit?

Im Frühjahr, hat Frieda zurückgeschrieben,
und einen der kleinen Strohsterne
mit in den Umschlag geschoben,
der Winter hier ist keine gute Zeit.

Nun ist es doch wieder eng geworden mit dem Geld,
die zwanzig Mark vom Lieschen,
das Geld vom Küchenschrank und alles andere
ist zwischen den Fingern zerronnen,
weil im Winter das Fischen schwierig ist,
die Kurgäste bleiben aus,
düster wirkt der kleine Ort an der Ostsee,
die Wolken hängen tief und die See
wirkt unruhig wie ein gereiztes Tier.

Die Fischer fahren mit ihren Jollen hinaus,
aber sie bleiben in der Nähe der Küste,
es gibt viele Tage, an denen die Hochsee
zu wild ist für die Schleppnetzfischerei.
Dann bleibt sogar Hein im Hafen,
aber der kann es sich leisten, hat den ganzen Sommer
gutes Geld gemacht, seine Frau hat in Rostock
den längsten Stand und zwei Hilfen,
die der Hein bezahlt.

„Süchst", sagte Julius, als Frieda ihm davon erzählte,
„daar kummse hen mit motorisert Fiskerei. Dat geiht."

Aber für die Berndts ist der Winter eine harte Zeit,
denn jeder Tag, an dem der Kutter im Hafen bleibt,
reißt ein Loch, und das Geld, das die Fische einbringen,
reicht kaum für die Miete.

Anna legt die Eier auf den Tisch,
in Zeitungspapier gewickelt.
Dann deutet sie ganz vorsichtig an,
dass dies nur in diesem Winter ginge,
den kleinen Per würden sie ja mit durchfüttern können,
einer ganzen Familie unter die Arme zu greifen,
das ginge eben auf Dauer nicht.

Frieda versteht das. Sie kocht Kaffee.
In der Ecke des Zimmers steht ein kleiner Ofen,
keine richtige Hexe, aber für Kaffee und Suppe reicht es.
Die Frauen sitzen am Tisch in dicken Jacken.
Kalt ist es im Gasthaus.
Die Kinder haben sich ins Bett verzogen,
hocken kichernd zusammen unter einer Decke,
weil es gemeinsam wärmer ist, heute kommt
der Weihnachtsmann, was er wohl bringen wird?

Der heiße Kaffee tut gut,
Frieda seufzt, es lief doch gut im Herbst,
da war doch alles bestens, da hat sie
auf dem Rostocker Markt die Fische verkauft.

Morgens kamen die Männer in den Hafen,
den Fang hatten sie schon sortiert, in flachen Kisten.
Die Männer hoben die Kisten auf den Wagen,
den schoben Frieda und Else zum Bahnhof,
während die Männer das Boot schrubbten,
die Geräte säuberten und aufräumten.
Der Verkauf war Frauensache.

Sie musste die Kisten mit Else zusammen
in den Eisenbahnwaggon heben, Elses Arme zitterten,
so schwer waren die Fischkisten.

„Ne Deern, dat nix hieven künnt,
taugt nix", spottete eine alte Fischfrau.
„Komm", sagte Frieda zu ihrer Tochter. „Hiev dar an."
Else presste die Lippen aufeinander und schnaufte,
bis alle Kisten verladen waren.
Frieda wusste, von den anderen Frauen
hätte ihr niemand geholfen.
Auf dem Markt hatten sie ihren festen Platz,
standen dicht beieinander unter dem Torbogen

am Rostocker Rathaus, was für prächtige hohe Häuser
um den Markt herum mit geschwungenen Giebeln.
Die Fischfrauen waren gut erkennbar
mit ihren Stroh-Schuten, ihren dunklen Röcken,
bei den Warnemünderinnen wurde gerne gekauft,
aber auch Frieda und Else machten guten Umsatz,
die Kisten leerten sich, frisker Fisk, frisker Fisk,
direkt aus dem Meer, Hering, Dorsch und Scholle.

Inzwischen kennt Frieda die Fische,
sie kann sie mit wenigen Handgriffen ausnehmen,
sie weiß ihre Ware anzupreisen, da steht sie
den Warnemünderinnen in nichts nach.
Auf dem Rückweg waren die Frauen ausgelassener,
sie sangen und erzählten sich Geschichten.
Else rieb sich die schmerzenden Arme.

„Rostock ist schön", sagte sie zu ihrer Mutter,
„warum sind wir nicht nach Rostock gezogen?"

„Dei Fisker husen in Warnemünde",
erklärte Frieda, „aver wenn de grot büst,
künnst de in Rostock woahne."

Else schwieg, dann fragte sie:
„Wann gehe ich wieder zur Schule?"

Lotte und Edmund gehen nun seit dem Sommer
in die kleine Volksschule mit all den anderen
Warnemünder Kindern, alle in einem Raum
und ein Lehrer mit Kneifer und buschigem Backenbart,
einem langen Rohrstock und grimmiger Miene
erklärt ihnen mit schneidender Stimme
die Buchstaben, die Zahlen und wie man sich benimmt.
Die Bänke sind krumm und zerkratzt,
an der Wand hängt eine vergilbte Karte

vom Deutschen Reich und ein Bild vom Kaiser,
der ein guter Mann ist und in Berlin wohnt.

„Ich will auch in die Schule gehen",
sagt Else immer öfter und schaut die Mutter bettelnd an.
„Im Frühjoahr", sagt Frieda dann,
„im Frühjoahr, wenn wi Tante Lieschen halen,
wenn alls gaud löpt, dann gehst wedder hen,
dann lernst de all wedder."

Aber das Frühjahr ist noch weit entfernt an jenem
Heiligabend. Es dämmert in der Fischerstube.
Anna stellt die leere Tasse auf den Tisch.
„Jo", bestätigt sie, „dei Harvst war goot."
So reden sie beide davon,
dass es besser werden wird, wenn das Frühjahr kommt,
wie wichtig es im Sommer sein würde, etwas zurückzulegen,
Vorräte und Geld, denn der Winter ist nicht leicht
in Warnemünde, nicht für die Hochseefischer.

Dann legt Anna sich wieder ihr schwarzes Wolltuch
über Kopf und Schultern,
ein Schutz vor dem kalten Nordwind,
der durch die Warnemünder Gassen pfeift,
eisig und feucht, wie ein düsterer Gruß
von der unruhigen dunklen See.

„Dann in de Gottsdeenst", sagt sie
und nimmt die Freundin in den Arm,
„dat ward all wedder, nich upgewwen."

„Jo", nickt Frieda, „dat ward all wedder."

Sie spült die Tassen und stellt sie ins Regal,
einen Küchenschrank hat sie noch immer nicht.
Erst einmal brauchte sie Tröge für die Fische

und eine Waage, die ist wichtig für eine Fischfrau.
Was braucht sie einen Küchenschrank?
Wenigstens hat sie neue Teller und Tassen,
blauweiß, das gleiche Muster wie
in allen Warnemünder Küchen, die sind hübsch.

Dafür hat das Geld gereicht im Herbst.

Frieda schaut aus dem Fenster.
Nun ist es schon wieder dunkel draußen,
einen feinen Schnee fegt der Wind an die Scheiben.
Wo bleibt Julius nur, bald werden die Glocken läuten.
Ihr Herz schlägt unruhig.
Julius wollte am Hafen helfen,
noch ein paar Groschen verdienen für das Weihnachtsfest,
damit es nicht allzu karg wird,
man will doch die Kinderaugen leuchten sehen.

Durch das Fenster starrt sie in die Finsternis,
kann doch nichts erkennen,
aber sie hört das Pfeifen des Windes
und die Brandung, das dunkle Grollen in der Ferne,
dazwischen das laute donnernde Geräusch,
wenn die Wellen spritzend gegen die Mole schlagen.
Manchmal erscheint ihr das Meer
so friedlich und weit, aber jetzt klingt es für sie,
als sei es eine feindselige Macht,
so fremd und zerstörerisch, wild und ohne Gnade.
Sie kennt die Geschichten, die die Warnemünderinnen
ihren Kindern erzählen an langen Winterabenden,
von dem Ungeheuer, das aus Fluten wächst,
das sie verschlingt und nichts zurücklässt
nur Muscheln und Sand und sonst nichts.

Da schiebt sich knarrend die Tür auf.
Julius kehrt heim, kleine Pakete hat er im Arm und

noch ein größeres, langes in ein Leinentuch gewickelt,
geheimnisvoll legt er alles auf den Küchentisch.
Ganz aufgeregt umschwirren ihn sofort die Kinder.

„Ist dat grode för mi?", fragt Eddi.

Julius lacht und wischt sich den feuchten Schnee
aus dem Bart. „Nu erst mal in de Kark, Kinners",
sagt er und zieht ganz zum Schluss
noch eine Kerze hervor.
Die soll nachher angezündet werden, das verspricht er.
„Dann singt ji mit de Modder.
Und wenn dat nach Wiehnacht klingt,
gevvt dat och ein Geschenk för jau Rabauken
und keen Root nich."

Nun ziehen die Kinder sich die Schuhe an,
knöpfen sich die Jacken zu,
warme wollene Tücher schlingt Frieda
um die Köpfe und Schultern ihrer Mädchen,
Eddi hat eine kleine Schiebermütze
und einen dicken Schal.

„Denn man to", ruft Julius zum Aufbruch,
„trutzen we dem Sturmgebrus
as tapper Seelüt, de nix verfehren kann."

So treten sie auf die Straße in den seichten Schnee,
alle sind schon unterwegs, das Glockengeläut
weist ihnen den Weg, voll wird es sein
in der kleinen roten Backsteinkirche, hell und feierlich,
ein glitzernder Weihnachtsbaum wird beim Altar stehen,
Kerzen werden leuchten, die Orgel wird klingen.
Dann singen sie die alten Lieder,
hören die vertrauten Geschichten,
sprechen die gewohnten Worte und finden

141

in all dem Trost und Zuversicht.

Auf die Kinder wartet daheim die Stube,
kleine Pakete liegen auf dem Küchentisch,
die ausgepackt werden wollen
im Schein einer einzelnen Kerze,
der Geruch von Apfelmus und Eierkuchen
wird ihnen unvergesslich in die Nase ziehen,
denn die Mutter macht die besten Eierkuchen
auf der ganzen Welt.

Wer sollte an einem solchen Abend
daran zweifeln, dass alles gut wird.

13. Das Versprechen

Im Frühling atmet der kleine Ort an der Ostsee auf.
Wenn die Fischerboote in den alten Strom einfahren,
stehen die Frauen schon auf der Mole
und begrüßen sie winkend,
sie bringen volle Netze.
Die Möwen umschwirren die Kutter kreischend,
das Meerwasser klatscht schäumend gegen die Kaimauer,
schwankend legen die Kutter an,
die Männer werfen die Taue hinüber,
in der Frühlingssonne leuchten
ihre wettergegerbten Gesichter.
Immer öfter steht Frieda nun in Rostock
am Marktplatz unter den Torbögen des Rathauses
bei den Warnemünderinnen, nun lachen sie
miteinander und grüßen sich herzlich,
als sei sie eine von ihnen,
jedenfalls beinahe.
Am Abend bringen sie gutes Geld heim,
Frieda und Else.

Sie setzen sich zu Julius an den Küchentisch,
die Kleinen schlafen schon,
aber Else darf aufbleiben,
darf mit den Eltern gemeinsam das Geld zählen.

In das kleine Buch schreibt das Mädchen,
was der Tag gebracht hat, eine Zahl
unter anderen Zahlen.
„Dat macht sich", sagt Julius,
„dat ward wat."

Das Geld liegt auf dem Tisch.

Sie sehen einander an wie Menschen,
die nach langer Irrfahrt angekommen sind,
als hätten sie das rettende Ufer erreicht.

„Da blevt wat över", sagt Julius
Schon schmiedet er Pläne. Er könnte Holz kaufen
und endlich einen Küchenschrank bauen.

Frieda winkt ab. Das Regal tut es auch.
Sie will für den Winter Geld zurücklegen,
denn Annes Warnung ist ihr in Erinnerung.
Fritze und Anna können sie nicht allesamt durchfüttern,
Nein, der nächste Winter kommt,
da muss vorgesorgt sein.
„Wenn wi sparen", überlegte Julius,
„dann för een neien Motor.
Een dänischen."

„Nei", sagt Frieda, „erst förn Winter."
Sie erinnert Julius an die Schwester,
die in Stettin auf ein Zeichen wartet.
Sie guckt, ob Julius etwas entgegnen wird,
aber das will er nicht.

Er nickt.

Frieda schiebt das Geld ihrer Tochter hin,
damit sie es in die Kasse legt.

Else lächelt.
Sorgfältig sammelt sie das Geld hinein,
das nicht für den Alltag benötigt wird,
verschließt die Kassette. „Wenn Lieschen kommt",
erklärt sie, „gehe ich wieder zur Schule."

„So mak wi dat", bestätigt Frieda, „aber nu
gehste schloapen, Elseken."

Als Else zu Eddi ins Bett gestiegen ist,
zündet Julius sich eine Pfeife an.
Die Dämmerung senkt sich in die kleine Stube,
vor dem Fenster glüht der Ginster
im Licht der tiefstehenden Sonne.
Es zwitschert wild in den Zweigen.

„Wenn nu alls allerbest angeiht",
sagt Julius leise in die Stille zwischen ihnen,
„wenn dat voran geiht, wat meenst, mien Frieda,
wat meenst woll, villicht was dann ja
ein fieftes Gör doch keen Malöör?"
Friedas Augen weiten sich, die Röte steigt ihr
in die Wangen, nur zu gut weiß sie,
dass es dem Mann nicht um ein neues Kind geht,
um etwas ganz anderes geht es,
zum ersten Mal spricht er es an, das Unaussprechliche,
sie senkt den Blick, ihr Herz klopft.

Ganz sanft klingt seine Stimme. „Villicht, mien Frieda,
denkst du daaröber na, so heel in Ruh, glöv nich,
dat ick di drängen will, was blot een Gedanke,

blot een Gedanke, willst mal overlegen?"

Sie schaut auf ihre Hände und nickt.
„Jo, Julius, so mak wi dat."

Ganz kurz schauen sie sich an,
dann steht Frieda auf und beginnt zu räumen,
denn nun ist genug geredet.

Nach diesem Abend ist etwas verändert zwischen ihnen,
Frieda kann es spüren,
sie hört es im Klang seiner Stimme
und sieht es in seinen Augenwinkeln,
dort sitzt ein Lächeln, selbst wenn seine Lippen
ganz ernst zu sein scheinen.

Ein frischer Wind geht durch das Fischerhäuschen,
auch die Kinder wirken verändert,
ganz ausgelassen sind sie.

Wenn die Schulglocke das Ende des Unterrichts verkündet,
dann springen die Kinder davon,
so schnell ihre Beine sie tragen,
an den Strand geht es,
Burgen werden gebaut,
Else und Käte kommen hinzu,
die Große soll ja aufpassen.
Das ist ihre Aufgabe.

Zum Glück haben sie seit dem Weihnachtsfest
Schaufeln und Eimer, die waren in den Päckchen
auf dem Küchentisch.
Für Eddi gab es sogar eine lange Schaufel,
die gibt er nicht ab, und seine Schwestern
sind neidisch.

Bis Else die Geduld verliert.
„Nu gib schon her!", faucht sie,
denn wer über die große Schaufel verfügt,
hat auch das Sagen in der Kinderschar.
Das Kommandieren liegt Eddi nicht,
so gibt er das kostbare Geschenk lieber der Schwester,
(geliehen aber nur, nicht geschenkt!)
Else weiß sowieso viel besser,
wie eine Burg auszusehen hat.

Eddi seinerseits macht lieber Clownereien,
den alten Lehrer kann er wunderbar nachäffen,
wie der glotzt, wenn er schimpft,
das gefällt den anderen Kindern.
Auch den dicken Wachtmeister Johannes macht Eddi nach,
schreitet durch den Sand wie der Schutzmann
durch die Straßen Warnemündes,
die Brust herausgedrückt, die Nase in die Luft,
die Hände hinter dem Rücken,
da juchzen die anderen Kinder,
das kann er gut, der Eddi,
und selber lacht er am lautesten.

Beim Sommerfest ist die Mole mit Menschen gefüllt,
der alte Strom ist voller weißer Segel,
eine Kapelle spielt mit viel Dschingderassassa,
es gibt Schmalzgebäck und Zuckerstangen,
Frieda trägt endlich ihren Strohhut.
Die bunt gestreiften Bänder tanzen im Wind.

Es ist alles, wie es sein muss,
vielleicht sogar ein bisschen besser,
denn die Menschen lächeln so freundlich
und grüßen, sogar der Wachtmeister,
der aufpasst, dass alles seine Ordnung hat,
sogar der nickt ihnen zu,

Julius kennt ihn von den Abenden bei Minna.

In der Kneipe wird er Johannes genannt,
weil er in Warnemünde aufgewachsen ist.
Die Alten kennen ihn noch als pummeligen Jungen,
der in den Straßen gespielt hat.
Dann hat er als junger Mann gedient, und nun ist er zurück
und mächtig stolz auf seine Uniform,
auf seine Orden und seine lederne Pickelhaube,
damit fühlt er sich groß. Wenn er im Dienst ist,
müssen alle „Herr Wachtmeister" sagen,
keiner darf ihn „Johannes" nennen,
solange die Pickelhaube
auf dem runden Kopf sitzt.

An den Schießständen zeigen die Männer,
was sie können.
Julius schießt seiner Frau eine Rose aus Seidenpapier,
die reicht er ihr mit einem besonderen Lächeln.
Die Röte steigt Frieda in die Wangen.
Dann hilft er ihr, die Blume zu befestigen,
an ihrer Bluse und lässt sich dabei Zeit,
als sei eine besondere Sorgfalt nötig
beim Anbringen einer solchen Rose
an der weißen Bluse, dabei streift er ihre Wange,
als sei es ein Zufall, eine Berührung,
die kein Zufall ist, denn sie schauen sich dabei an,
ihre Blicke verlieren sich ineinander,
das fühlt sich an wie eine gute alte Erinnerung
und wie ein Versprechen.

„Eddi ist weg", ruft Else.

Wie mitten aus einem Traum gerissen,
blickt Frieda sich um,
da steht Else, die beiden kleinen Schwestern

147

fest an ihren Händen, aber mehr als zwei Hände
hat das Mädchen nicht.

Es ist Frieda, als greife eine kalte Kralle
um ihr Herz, ihr Blick kreist,
Panik pulsiert durch ihre Adern.
So viele Menschen, so viele kleine Jungen
in Matrosenanzügen,
so ein Gedränge.

Mitten auf der Mole sind sie,
zwischen Molenfeuer und Festland,
ein schmaler Steinwall, rechts und links davon
nichts anderes als tiefes Wasser.

„Edmund", entfährt es der Mutter laut,
„wo is dei Jung?"
„Wi finnen hum all…" – wie aus weiter Ferne
klingt die Stimme ihres Mannes.
„Edmund", entfährt es der Mutter wieder.

„Ick gah en Stück torüch", sagt Julius,
„du blevst mit de Deerns hier."

Frieda zieht die drei Mädchen an sich heran,
als könnten auch sie sogleich ins Wasser stürzen.
Wenn Edmund nun hineingefallen ist,
vielleicht hat es niemand gemerkt
bei dem Lärm und dem Trubel,
wo doch die Kapelle mit Pauken, Trompeten
und Trommeln und so viel Dschingderassassa
alles übertönt.

Am liebsten möchte sie Julius nachlaufen,
den ganzen Steg absuchen,
aber zugleich will sie die Mädchen nicht loslassen,

nicht noch ein Kind aus den Augen verlieren,
deshalb fragt sie die Leute, die vorbeikommen,
ob sie ihn nicht gesehen haben, den Kleinen
im Matrosenanzug mit den runden Wangen
und den großen Augen. Aber niemand
kann ihr helfen.

Nach einer Weile kommt Julius zurück,
ganz allein, warum nur allein, wo ist er nur, der Junge,
so schwer kann das Schicksal doch nicht zuschlagen -
nicht an einem solchen Tag.
„Ick gah Richtung Molenfüer",
erklärt Julius, Unruhe im Blick.

Plötzlich steht Johannes vor ihnen, der Wachtmeister.
Mitsamt Pickelhaube und Schnurrbart
erscheint er Frieda in diesem Moment wie ein Engel,
weil er einen kleinen Matrosenjungen
vor sich herschiebt.

„Da wollte sich woll einer dat Molenfeuer anschauen",
meint der Wachtmeister schnarrend, „uff eigne Faust,
dat is keene gute Idee, da wird der Fru Modder doch bange,
wenn so ein kleener Fratz sich davonmaakt."

Frieda weiß gar nicht, was sie vor lauter
Dankbarkeit tun soll.
Julius nimmt den schweigenden Jungen an die Hand,
Eddis große Augen glänzen verdächtig,
vielleicht war sein Ausflug Richtung Molenfeuer
ja doch kein Bubenstreich, sondern eher
ein Versehen.

Jetzt räuspert sich der strenge Wachtmeister.
Am liebsten will er den Kleinen wieder aufmuntern,
ganz verschüchtert wirkt das Kind,

dabei ist der doch so ein drolliges Kerlchen.

Da zeigt Johannes dem Jungen seinen Säbel,
so was mögen Jungen doch,
Eddi darf die glänzende Waffe sogar berühren,
aber nur kurz, denn der Säbel ist scharf und gefährlich,
damit kann man einen Franzmann
in kleine Stücke hauen, so sagt Johannes und nickt.
Eddi bekommt leuchtende Augen,
jetzt will er kein Lokomotivführer mehr werden,
sondern Wachtmeister.

Also wird noch ordentlich gelacht miteinander,
weil alle erleichtert sind und es zudem
ein wahrhaft vortrefflicher Tag ist.

Mit vielen Dankesworten verabschieden sie
den Wachtmeister und schlendern Richtung Festland.
Bei dem Drehorgelspieler bleiben sie stehen,
dessen Frau hat eine Marionette, an langen Fäden
bewegt sie diese zur Musik: einen lustigen kleinen Grenadier
in perfekter Unform, und wie der tanzen kann!

Da gucken die Kinder und lachen,
bis der Vater schließlich sagt: „Nu langts!"
Frieda ist ganz froh, als sie die Mole
und damit auch das tiefe Wasser hinter sich lassen.

Noch bevor sie ihr Gasthaus erreichen,
sagt sie zu Julius: „Ick heww nachdacht."
Sie hat sich bei ihm eingehakt,
die Kinder sind vorausgelaufen,
Julius weiß sofort, wovon sie spricht.

„Und?", fragt er.

„Nu", meint sie, „wenn dat so gaud löpt
un wi halen dat Lieschen,
denn ward ein neuet Kindje nix Schlimmet.
Nur dat Lieschen, dat würd ick bruken daför."

Julius drückt ihren Arm etwas fester an sich.
„So mak wi dat, mien Frieda", sagt er.
„So mak wi dat."

Kurz bleibt sein Blick an der Seidenrose hängen,
die immer noch die weiße Bluse ziert,
dann an ihren Lippen,
schließlich an ihren Augen.

„So mak wi dat", wiederholt er.
Es klingt, als wolle er einfach nur
irgendetwas sagen.

Sie nickt.
Lieschen zu holen, ist ihr wichtig.
Sie hält Julius noch aus einen weiteren Grund hin,
über den sie nicht spricht.
Sie ist der Wirtin vom letzten Winter
noch eine Miete schuldig.
Die will sie - so schnell es nur geht - zurückzahlen,
die Wirtin fragt jeden Monat,
aber es hat noch nicht dafür gereicht.
Diese Schuld liegt Frieda im Magen.

Das muss beglichen sein,
bevor sie wirklich sagen kann:
Alles ist gut.

14. Die Welle

Zwei Wochen später
klopft der Motor.

„Dat klingt nich gut", sagt Hein
und schüttelt den Kopf.
Wieder stehen die drei Männer
vor dem Motor des Kutters.
Warum klopft der jetzt.
Da stimmt doch was nicht.

Hein hat die Arme vor der Brust verschränkt.
Julius verdreht die Augen und schnauft,
starrt Per Hansen an, als müsse der wissen,
was nun zu tun ist.
Aber der weiß es auch nicht.

„Bruken wi'n Ersatzteil?"
fragt der Freund schließlich,
weil Julius hartnäckig schweigt.

Hein zuckt mit den Schultern,
er weiß es nicht, so ein Geräusch kennt er nicht.
Aber es klingt nicht gut.
Vielleicht wäre es am Ende doch besser,
ganz umzurüsten. Ein dänischer Motor – der läuft.

„Dat Geld kriegen wi nich tosammen",
erklärt Julius.
„Nee, kriegen wi nich tosammen",
bestätigt Per Hansen wie ein trostloses Echo.

Auch bei der Bank ist nichts mehr zu holen,
das wissen die beiden,
denn im Winter saßen sie ja schon dort

bei dem öligen Kerl mit den gelackten Haaren,
weil sie die Rate nicht zahlen konnten,
da klang er nicht mehr so väterlich.
Zigarren wurden auch keine mehr angeboten,
streng sah er aus, eine Augenbraue angehoben
wie ein blasierter Schauspieler.

„Na, meine Herren, dann wird der Kredit aber teurer,
zu verschenken haben wir hier nichts."

Schließlich war Julius mit der Sprache herausgerückt,
sie bräuchten noch etwas mehr Geld, einen neuen Kredit,
weil das Boot einen anderen Motor haben müsse.

„Ach", sagte der Bankangestellte und lehnte sich zurück,
„da wollen Sie mir doch nicht etwa sagen, meine Herren,
dass die Sicherheit, die Sie unserem Haus gegeben haben
für das geliehene Geld, dass diese Sicherheit
gar nichts taugt? Seien Sie vorsichtig, meine Herren,
mit Schulden ist nicht zu spaßen,
wir sind ein Bankhaus, keine Fürsorgeanstalt."

Nein, da ist nichts mehr zu holen.

Julius seufzt schwer.
Hein zuckt noch einmal mit den Schultern.

„Gehen wir to Minna",
schlägt Per Hansen vor,
„da kommen die besten Ideen".

„Nee", sagt Julius, „ick nich.
Geht nur. Ick gah na Hus."

„Na, wenn dat Wip wartet", nickt sein Freund.
„Dann grüße mir de Frieda, och wenn se

mich verfluchen tut, weil de Kutter wedder spinnt.
Da seggt sie bestimmt, der Per Hansen,
der is dat grode Unglück, dat seggt sie doch, oder?"

„So wat seggt Frieda nich", widerspricht Julius
und lacht kurz auf, aber es klingt nicht wirklich
nach einem Lachen.

Ein Schnaps in Minnas guter Stube,
das wäre gar nicht übel,
aber vom Winter her liegt dort noch ein Schuldzettel,
den hat Julius noch nicht beglichen bisher.
Er wollte ja, aber dann ging ihm doch Frieda vor.
Die kalte Zeit in Warnemünde hatte ihr zugesetzt,
das hatte er gesehen, deshalb gab er ihr das Geld.
Sie legte es in die kleine Blechkiste
für den nächsten Winter.

Deshalb hat er jetzt immer noch Schulden in der Kneipe,
die Minna will ihr Geld haben,
im Winter hat sie Geduld mit ihren Jungs,
aber im Sommer, da treibt sie die Schulden ein,
wedelt fordernd mit den Zetteln,
nein, so schmeckt der Schnaps nicht.
Sollen Per Hansen und Hein
doch ohne ihn trinken.

Ganz allein geht er die Westmole hinab
auf den kleinen roten Turm zu, auf das Molenfeuer,
ganz am Ende des Stegs.
Er hat es nicht wirklich eilig damit,
in die eigene Stube zurückzukehren.
Was soll er dort an einem Tag,
an dem er Fische heimbringen müsste,
was er nicht kann,
weil der Motor klopft wie ein fußlahmer Bock,

der auf den Gnadenschuss wartet.

Leer ist es auf der Mole,
denn der Sommer zeigt seit ein paar Tagen
ein düsteres Gesicht, grauen Wolken hängen tief
und ein ungemütlicher Wind weht,
nun nieselt es auch noch,
da bleiben die Kurgäste lieber im Warmen,
bei einem Mocca und Apfelkuchen,
dies Wetter lockt niemanden zu einem Spaziergang,
keine Menschenseele ist unterwegs auf der Mole,
nur Julius Berndt.

Er schlägt den Kragen seiner Jacke hoch,
seltsam wirkt die Leere auf ihn,
er lauscht den schlagenden Wellen,
die heute so dunkel sind wie glasige Tinte.

Vor ihm erhebt sich der kleine Turm.
Wie ein Schatten überfällt Julius die Trostlosigkeit,
die Menschenleere um ihn her bedrängt ihn mehr
als der Trubel beim Sommerfest.

Für einen Augenblick erinnert er sich an
die fröhlichen Menschen, das Gewirr
ihrer Stimmen, die Musik,
das Lachen der Kinder beim Anblick
der tanzenden Marionette und die gestreiften Bänder
an Friedas Strohhut, die wie kleine Fähnchen
im Wind flatterten, sorglosen Schmetterlingen gleich,
der Duft nach frischem Schmalzgebäck
und bis zum Horizont das blaue Meer.

Gestern war es gewesen, als der Krämer
an ihrem Boot stand.
Gerade hatten sie das Klopfen des Motors bemerkt

und beschlossen, nicht hinaus zu fahren,
da stand er auf einmal am Ufer und erinnerte ihn
an die offene Rechnung, von Weihnachten her,
die kleinen Schaufeln und Eimer,
er hatte angeschrieben, kein Problem,
Weihnachten will man großzügig sein, auch in Warnemünde,
aber das ist jetzt mehr als ein halbes Jahr her.
Der Krämer zeigt seine Ungeduld,
er muss ja auch gucken, wie er rumkommt.
Nun wird es Zeit, dass das Geld an Land kommt.
„Hevste dat kapiert, Mann?"

Diese Woche noch, versprach Julius,
wirklich, diese Woche noch.

Julius geht um das Molenfeuer herum
und stellt sich an den Rand der Plattform,
den roten Turm im Rücken,
das Land hinter sich
und vor sich nur noch die Weite
bis zum Horizont, gekräuseltes graues Glas,
Möwen stehen im Wind mit gespreizten Flügeln,
der Wind trägt ihr Kreischen ans Ufer,
mit schmalen Augen blickt Julius in die Ferne.
Der Regen sprüht ihm ins Gesicht.
Ganz nass sind seine Haare schon.
Das stört ihn nicht.

Ob Per Hansen ihr Unglück ist, die Frage stellt sich nicht,
eine ehrliche Haut ist der Freund,
keinen Zweifel hat Julius daran,
als er auf die Linie starrt
wo Meer und Himmel sich berühren
zugleich wird ihm plötzlich klar,
warum Per Hansen ein anderes Spiel gespielt hat
- von Anfang an - als er.

Wenn Per Hansen scheitert,
so wird er zu seiner Schwester gehen,
die ihm Zimmer, Bett und Essen gibt
und vielleicht dazu noch sagt:
„Oh Mann, Per, wat hevste all wedder utfreten."

Aber mit Julius zusammen scheitert auch seine Frau,
scheitern seine vier unschuldigen Kinder
und niemand ist da, der sie auffängt,
der ihnen gutmütig lächelnd die Tür öffnet
und sagt: Was habt ihr da nur angestellt!

Unbeweglich steht er da, auf das Wasser blickend,
als sich langsam aus den Wellen eine Woge erhebt,
wie aus dem Nichts anwächst, sich wölbt,
grau und schwer auf das Festland zurollend.
Während sie sich nähert, wächst sie,
wird zu einem düsteren grauen Berg,
eine Welle, größer als jedes Haus,
höher als die Kirche, wie eine Wand
auf ihn zusteuernd ohne jeglichen Schaum.
Julius sieht sie mit ungläubigem Entsetzen,
denn sie wird über das Festland hereinbrechen,
ohne Gnade alles mit sich reißend
unter sich begrabend, erbarmungslos,
und es gibt kein Entkommen.

Gerade als Julius vor Panik aufschreien will,
verschwindet das Trugbild vor seinen Augen,
zurück bleibt die beinahe ruhige See,
mit den kleinen Wellenbergen
und schaumgekrönten Katzenpfoten.

Sein Herz klopft heftig,
er fasst sich an die Brust, dorthin,
wo der Hundebandwurm sich verkapselt hat,

wie der Arzt es behauptet,
manchmal glaubt Julius ihn zu spüren
und ringt nach Atem.

Hastig wendet er sich um,
eilt die Mole entlang auf das Land zu.
erst am Strand bleibt er stehen, dort,
wo die Kinder spielen im Nieselregen.

Lange muss er dort stehen und ihr Spiel betrachten,
bis sein Herz sich wieder beruhigt.

15. Kapitel: Kohl und Rüben

Frieda fühlt sich merkwürdig klein,
als sie sich auf den Stuhl setzt,
es mag an der düsteren Vogtei liegen,
die ist gar nicht weit von ihrem Fischerhaus,
aber eine ganz andere Welt,
denn hier herrscht Rostock
mitten in Warnemünde.
Die goldgerahmten Gemälde um sie herum
zeigen herrisch blickende Heeresführer
in geschmückten Uniformen.
Vielleicht ist es auch der wuchtige polierte Schreibtisch,
ein Monstrum von einem Möbelstück.
Davor hockt Frieda nun, das wichtige Dokument
in ihren Händen. Sie fühlt sich schäbig in ihrer alten Jacke
und mit den abgetretenen Schuhen.
Ein ausgeblichenes Kopftuch bändigt ihre wirren Haare.

Vor allem aber fühlt sie sich klein
wegen des Rostocker Vogts, der hinter dem Tisch thront,
als gehörten er und das Monstrum zueinander,
untrennbar vereint.

Sein Blick ist es, der Frieda so klein macht,
dabei wirkt er fast unscheinbar in seinem
strengen dunklen Anzug, der kleinen Goldbrille und
dem leicht gewellten dunkelblonden Haar.

„Also keine Fische mehr", stellt er fest.
„Da will die junge Frau also lieber Gemüse verkaufen.
Wie kommt Ihnen das denn in den Sinn?"

Frieda holt tief Luft, erklärt den Jammer
mit dem kaputten Kutter.
Anna hat ihr geraten, sie solle doch Gemüse verkaufen,
das Gemüse holt sie beim Bauern,
dann kann sie es auf dem Kirchplatz verkaufen,
aber ihre Lizenz muss umgeschrieben werden.
Deshalb ist sie hier.

Mit einer ungeduldigen Handbewegung schneidet
der Mann ihr das Wort ab.
Frieda verstummt.

„Genug", sagt er mit einem gequälten Lächeln, „genug."

Ohne weitere Erklärung liest er in seinen Unterlagen,
das muss sehr wichtig sein,
er runzelt die Stirn und blättert,
aber hat es auch etwas mit ihr zu tun?
Frieda hat ja nicht viel Zeit,
die Kinder kommen gleich aus der Schule.

„Dei Lizenz…", beginnt sie erneut und beugt sich vor.

„Nun geben Sie mal Ruhe!", weist er sie streng zurecht.
Seine Lippen bilden jetzt eine schmale Linie.
„Das muss gründlich geprüft werden", fährt er fort.
„Euresgleichen denkt sich das so einfach,

aber so einfach ist das nicht,
sonst müsste es ja nicht durch den Vogt geprüft werden,
wenn es so einfach wäre."

Wieder verfällt er in Schweigen.
Die Stille füllt die düstere Amtsstube.
Nur das Papier knistert beim Umblättern.
Aus einer Standuhr ertönt ein tiefer Gong.
Frieda kommt es vor, als säße sie schon Stunden hier.

Schließlich blickt er auf, lehnt sich zurück.
„Kohl und Rüben", meint er.
„Die können Sie verkaufen auf dem Markt,
da kann ich Ihnen die Lizenz für geben."

„Kohl un Rüb", wiederholt Frieda und fragt vorsichtig:
„Künnt og Tüften sün?"

„Kartoffeln?" Der Beamte schüttelt den Kopf.
„Was denken Sie sich. Natürlich, man kennt das ja,
alle wollen gern Kartoffeln verkaufen. Eine feine Sache.
Aber wenn alle Marktfrauen Kartoffeln verkaufen,
was glauben Sie denn, wer dann noch
davon leben kann? Nein, soweit denken die nicht,
die kleinen Leute, da fehlt es dann doch.
Sehen Sie, gute Frau, darum sitzt Unsereins hier.
Damit nicht jeder verkauft, was er verkaufen will.
Auch der Warnemünder Markt folgt dem Rostocker Recht.
Wie es sich gehört. Das Rostocker Gewett erwartet von mir,
dass ich hier als Vogt für Recht und Ordnung sorge.
Natürlich weiß ich, was die Leute reden, als käme
nur alles Übel aus Rostock, aber wie sähe es wohl aus,
wenn wir hier nicht für Ordnung sorgen würden.
Und dafür sorgen wir, gute Frau, das tun wir."
Er schüttelt verständnislos den Kopf.
„Kartoffeln", wiederholt er erneut.

160

„Das wäre ein schönes Durcheinander,
wenn alle nur Kartoffeln verkauften.
Hungern würden bald alle, aber so weit denken,
das können die kleinen Leute nicht.
Die denken bis zur nächsten Kartoffel.
Weiter nicht."

Er lehnt sich in seinem thronartigen Stuhl zurück,
legt die Fingerspitzen aneinander.
„Sehen Sie, gute Frau, deshalb ist es gut,
dass Unsereiner die Entscheidungen trifft,
weil wir weiter blicken, weiter denken,
das gemeinsame Wohl im Sinn haben.
So wie unser Kaiser. Unser Kaiser Wilhelm", sagt er,
„der, ja der blickt weiter,
das können Sie mir glauben. Der denkt für das ganze Volk,
für das ganze Vaterland, und noch viel größer,
als Sie es sich jemals träumen ließen.
Der Kaiser hat Großes vor, kein Zweifel,
vor uns liegen glorreiche Zeiten, gute Frau,
das können Sie mir glauben, glorreiche Zeiten.
Bald wird es um Höheres gehen
als um läppische Kartoffeln…"

„Also Kohl un Rüb", versucht Frieda
das Gespräch auf das eigentliche Problem zu lenken.

„Ja, genau, Kohl und Rüben." Er nickt.

Endlich zieht er Friedas Lizenz heran,
schreibt darauf mit schwungvollen Buchstaben einige Worte.
Die Feder kratzt vielversprechend über das Pergament.
Dann greift er zum Siegel und schlägt es donnernd
auf das Dokument.
Das Siegel zu benutzen, scheint für den Beamten
hier in seiner düsteren Warnemünder Vogtei,

die höchste Freude des Tages zu sein.
Vielleicht auch seine einzige.

Über dem Marktplatz hängt der gewohnte Fischgeruch,
aber Frieda verkauft Kohl und Rüben.
Ein merkwürdiges Gefühl ist das,
sie steht hinter den Körben und starrt
auf das sandige Gemüse vor sich.

Am ersten Tag steuert sogleich der Wachtmeister
auf sie zu. „Wat is dat denn?"
Seine Augen durchbohren sie.
„Plötzlich Gemüse? Keine Fische mehr?"
Seine Stimme ist schneidend, es ist so,
als habe sie schon wieder den Vogt vor sich,
bloß diesmal Pickelhaube.

„Minsch, nu mal sutje",
geht eine der anderen Marktfrauen dazwischen,
„dat is de Frieda vom Julius, maak nich so völ Wind."

„Und wenn dat der Kaiser von China wäre,"
donnert der Uniformierte verärgert,
„und zudem heißted *Herr Wachtmeister*,
wenn ick wohl bitten darf."
Er will im Dienst nicht *Johannes* genannt werden
und auch nicht *Mensch*.

„Wat nu?", wendet er sich wieder
dem neuen Gemüsestand zu.
Frieda klopft das Herz bis zum Hals,
dabei hat doch alles seine Ordnung.
Sie zeigt ihm die Lizenz
mit der schwungvollen Unterschrift und dem Siegel,
alles hat seine Richtigkeit.

Johannes knurrt, seine Lippen verstecken sich
hinter dem wuchtigen Schnauzbart.
„Dann kommen Se mir aber morgen
ja nich wedder mit Fischen an."

Nein, das tut sie gewiss nicht,
denn der Kutter liegt am Hafen
und rührt sich nicht.

Per Hansen und Julius knüpfen Fischernetze
für die anderen, da werden immer Hände gebraucht,
aber viel Geld bringt das nicht.

Kohl und Rüben bringen auch nicht viel,
das sind karge Zeiten mitten im Sommer,
wo sich doch eigentlich die Wintergeld-Kasse
füllen müsste. Die Wirtin fragt nach der Miete.
Karge Zeiten. Abends gibt es Kohlsuppe,
oder Rübeneintopf oder alles zusammen.
Da vermissen die Kinder die leckeren Fischgerichte,
sogar Lotte. Der hat gar nicht so schlecht geschmeckt,
der Fisch, jedenfalls besser als jeden Abend
Kohl und Rüben.

Frieda tröstet sich damit, dass sie die Reste einkocht.
Im Regal gleich neben den blauweißen Tellern stehen
die fest verschlossenen Gläser, Vorrat für den Winter.

Ein Einmachglas macht sie extra für die Wirtin
mit Möhren, Zwiebeln und Sellerie, das schmeckt gut.
Das Glas bekommt sogar obendrauf ein Stück bunten Stoff
und ein Band - wie eine kleine Mütze, das ist hübsch.
Damit geht sie zur Wirtin.
„Dei Mieten", sagt sie verlegen, „dat brukt no ein bisken
Tied. Dei Kutter is hin, aver dat ward all wedder."

„Herrje, Frau Berndt", sagt die Wirtin, zupft am Tuch
des Einmachglases und lächelte Käte an,
die sich hinter dem Rock der Mutter versteckt,
dann aber doch neugierig hervorschaut.
Plötzlich verzieht sich das sonst so freundliche Gesicht
mit den runden Apfelwangen kummervoll.

„Ach, Frau Berndt, ick würd nix seggen,
aber mien Mann, der Sültow, hei kennt da nix.
Da is nix tau maaken. Dat mut betahlt wörn."

„Dat ward all wedder", sagt Frieda, „versproken."

Abends sitzt sie mit den Kindern in der Stube,
Julius schläft wieder auf seinem Kutter,
ist ja Sommer, da geht das,
ist wohl besser als immer auf der Küchenbank
und es ist auch arg eng in dem Zimmer zu sechst.

Else sitzt mit Lotte und Eddi an den Schularbeiten,
erklärt die Rechnerei mit Geduld, aber hin und wieder
schaut sie auf, zur Mutter hin.
Frieda spürt den Blick der Tochter,
aber ihre eigenen Augen bleiben auf die Socken gerichtet,
die sie flickt, so viele Socken,
jetzt im Sommer brauchen die Kinder sie nicht,
aber im Winter. „Warme Kinderfüße",
hat der Arzt mal zu ihr gesagt, als Lotte so schlimm hustete,
„können Leben retten." Das hat Frieda sich gemerkt.

Nein, sie erwidert den Blick der Tochter nicht,
sie will die Fragen nicht hören,
die ihrer Else auf den Lippen brennen,
wann kommt das Lieschen, wann kann ich zur Schule.
„Is jetzt nug gerechnet?", jammert Eddi und schaukelt
unruhig mit den Beinen.

„Nee", sagt die Schwester, „is noch nicht fertig.
Musst noch. Mach weiter."
Ihre Stimme klingt grimmig,
aber sie stellt keine Fragen.

16. Kapitel: Das Wintergeld

Frieda ist müde vom Rübenverkauf,
obgleich der leichter ist als der Fischverkauf,
sie muss nicht bis nach Rostock.
Sie verkauft auf dem kleinen Markt bei der Kirche,
dort steht sie mit ihren Rübenkörben,
neben sich die Else mürrisch und still,
die nimmt die Groschen entgegen und gibt Wechselgeld,
ohne sich zu verzählen.

Mittags tragen sie das restliche Gemüse zurück
in die Alexandrinenstraße.
Beide ziehen die Köpfe ein, Mutter und Tochter,
wenn sie am Fenster der Sültows vorüber gehen.
Wenn bloß der Alte nicht guckt!
Der kennt keine Gnade, wenn es ums Geld geht,
mit Auswärtigen schon mal gar nicht.
Gestern hat er schon mit donnernder Stimme gedroht,
sie sei gewarnt, er wolle sein Geld sehen,
er käme am nächsten Tag mit dem Wachtmeister.
„Da kenn ick nix."

Sie glaubt ihm. Aber was soll sie machen?
Mit den paar Rüben ist nicht viel zu verdienen.
Die Schulden wachsen,
wachsen und wachsen.

Frieda ist müde.
Sie muss nun auch immer so früh aufbrechen,

weil der Weg zum Bauern weit ist.
Dann der lange Weg zurück mit der Kiepe
voll mit Kohl und Rüben. Immer wieder setzt sie
die Kiepe ab und macht Pause, weil die Hüfte streikt.
Sie muss im weiten Bogen um Moor und Heide herum,
quer durch führt kein Weg.

Allein geht sie, damit Else die Schulkinder weckt,
damit das Mädchen die kleine Käte in die Kinderstube
bringen kann, bevor es gemeinsam auf den Markt geht.

Jetzt ist es am Nachmittag, Schule ist aus.
sie hat die vier Kinder zum Strand geschickt,
weil es gut tut zu sehen, wie die Kinder abends
mit lachenden, verschwitzten Gesichtern heimkehren,
mit Sand auf den Kleidern und Dünengras im Haar.

Frieda müsste jetzt runter an den Strom,
solange die Kinder am Strand spielen,
und Wäsche waschen, aber sie bleibt auf dem Bett sitzen,
fährt sich mit der Hand über die Augen,
schiebt die Haarsträhnen aus der Stirn
und bleibt sitzen. Denkt nach.
Über die Miete, die sie schuldig ist.
Sie muss das Wintergeld dafür nehmen,
sie muss bezahlen, sonst fliegen sie raus.
Aber dann wäre alles weg. Das ganze mühsam Ersparte.
Sie seufzt.

In diesem Moment geht die Tür auf.
Es ist Julius, so früh kommt er selten.

„Wat is?" fragt sie.

„De Mechaniker is komen", erklärt er,
„de maakt nu den Kahn wedder flott.

Von de Firma ut Leipzig is he. De kennt sik ut.
Denn sünd Per und ick morgen heel fröh wedder up See.
Du kannst wedder na Rostock ton Markt."

Sie schaut ihn an. Er wirkt so gehetzt,
als wolle er gleich wieder losstürzen zu seiner Lieselotte.
Was will er denn überhaupt hier?
Morgen früh soll sie mit den Fischen nach Rostock?

Da müsste sie doch zu allererst zum Vogt,
die Lizenz umschreiben lassen.
Sie versucht, ihm das zu erklären. An einem Tag
Kohl und Rüben in Warnemünde, am nächsten
Fische in Rostock. So einfach ist das nicht.

„Dat mut wi dann sehn", entgegnet Julius ungeduldig.
„Toeerst mut de Kahn löpen,
de Mechaniker wöll dat Geld.
För de Reparatur und de Anfahrt von Leipzig."

Frieda horcht auf.
„Wat will hei denn an Penunse? Ick dächt,
dat dei Firma dat maaken mut, nich?"

Ungeduldig erklärt Julius, dass die Garantiezeit
längst vorüber sei, dass der Mechaniker nicht arbeitet,
nicht bevor er Geld gesehen hat.
„Hol dat Geld ut de Kasse, Frieda,
der tut sonst nix."

„Dat künn hei später krien",
schlägt Frieda vor.

„Nee!"Julius steht vor ihr. Seine Augen funkeln,
seine Stimme klingt gereizt.
„Hol dat Geld, Frieda, sonst fahrt de wedder aff."

„Ick bruk dat Geld för de Mieten",
erklärt Frieda und bleibt sitzen.
„Sonst sünn wi rut utn Hus."

Julius verdreht die Augen. Er begreift nicht,
wie dringlich die Lage ist. Er verspricht,
später mit dem Sültow zu sprechen,
aber jetzt ginge es erst einmal um den Kutter.
Das ist jetzt das Wichtigste.
Mit dem Sültow würde er das schon klären.
Von Mann zu Mann.

„Dat brengt nix", widerspricht Frieda.
Wieder versucht sie zu erklären, wie ernst es doch ist,
weil die eine Miete ja noch aussteht seit dem Winter.

Julius tritt auf sie zu. „Wi bruken dat Boot,
de Mechaniker lurt, hol nu dat Geld, Frieda."

Frieda sitzt da und schaut zu ihm hoch.
So streng spricht er selten mit ihr.
Aber wenn es um seinen Kutter geht, dann ist er wild,
da gibt es für ihn kein Wenn und Aber.

„Söll hei wedder abfahrn, dei Kerl", sagt sie stur.
Dann beginnt sie zu schimpfen, weil es ihr längst schon
auf der Seele liegt. Das ganze Theater
mit dem Motor. Die Warnemünder fischen mit Segel,
sollen Per und Julius doch auch mit Segel fahren.
Warum muss es ein Motor sein, alles Spielerei.

Julius schnappt hörbar nach Luft,
seine Lippen bilden eine schmale Linie.
„Nix weisste von Motoren. Nix.
Holl di da rut, Frieda. Gev mi dat Geld.
Aber fix. De Kutter mutt lopen,

168

sonst ward dat hier all nix mit uns."

Frieda sieht ihn verzweifelt an. Können sie denn
nicht einfach erst einmal so weiter machen?
Sie kann doch das Gemüse verkaufen,
und er die Netze knüpfen. Bringt beides Geld,
nicht viel, aber es geht.

„Nee, Frieda, nee!" Jetzt wird er laut.
„Daför bin ick nich upbroken von Stettin, Frieda, daför nich,
nich um anner Netze to knütteln
för Pfennige, nich um mich elken Dag
von Rübentop to Rübentop to smachten.
Nich daför!"

Was hat der Mann denn jetzt mit ihren Suppen?
Friedas Augen werden groß. Sie guckt.
Was ist denn falsch an ihren Rübeneintöpfen?

Julius wendet sich ab, geht zum Wäscheschrank,
wühlt die Kassette unter ihrer Unterwäsche hervor,
der Schlüssel hängt an einem Nagel,
den darf Else nicht mitnehmen zum Strand.
Schon hat er das Geld in der Hand.

„Nei, Julius, nei", ruft Frieda und springt auf.
Ihre Augen sind jetzt noch größer.
„Maak dat nich. Wi sünn rut utn Hus.
Dei Sültow kümmt. Dei wöll dei Mieten."

Ihr Mann sieht sie an. Sein Gesicht ist wie eine Mauer.
„Ick mut", sagt er. Seine Stimme klingt hart.

„Nei, so nich!" Ihre Stimme ist laut,
viel lauter, als sie wollte, sie hat die Fäuste geballt,
so stehen sie voreinander wie zwei Kampfhähne

in der Arena. „Dat geht nich, Julius. Nei!"
Schrill klingen ihre Worte in ihren eigenen Ohren.

„Hol dien beck to Blarren!" Er tritt auf sie zu.
Etwas Warnendes lodert in seinem Blick.
Sie weicht zurück. Wut pocht in ihren Adern.
Was ist in den Mann gefahren? Was wird das?

„Nich alls, Julius", fordert sie gequält. „Ein paar Groschen.
Dat wi taurückkümmen na Stettin, för de Fahrt."

Stumm wirft er ein paar Münzen zurück in die Kassette,
klappt den Deckel zu, schwungvoller als nötig,
wortlos verlässt er grußlos das Zimmer.

Frieda steht zwischen Bett und Tisch. Sie spürt,
wie ihre Beine zittern, wie ihr Herz pocht.
Langsam greift sie die kleine Blechkasse,
schiebt sie zurück unter ihre Wäsche,
hängt den Schlüssel wieder an den Nagel,
dreht sich um und starrt auf die Tür,
die er hinter sich zugeschlagen hat,
starrt und starrt.

Als die Tür sich wieder aufschiebt, denkt sie
für einen Moment,
nun kommt er zurück. Jetzt entschuldigt er sich.
Und nimmt sie in den Arm und lächelt wieder.

Es ist jedoch nicht Julius, der die Tür aufschiebt.
Es sind die Kinder. Lotte heult,
hat sich den Zeh gestoßen an einem Stein,
Else musste sie tragen.
„De Zeh, de blutet mannig", erklärt Käte wichtig.
„Wat gevt dat ton Eten?", fragt Eddi.

„Rübsup", antwortet Frieda finster und füllt
Wasser in eine Schüssel, um die Wunde zu reinigen.
„Jawoll", wiederholt sie, „Rübsup.
Drömmeln maakt nich satt,
Rübsup scho."
Gerade als sie die Kinder alle im Bett hat,
pocht es gegen die Tür.
Julius, denkt Frieda mit klopfendem Herzen,
warum kommt er nicht einfach herein?

Aber es ist wiederum nicht ihr Mann.
In der Tür steht der alte Sültow,
groß und massig, der füllt fast den Rahmen,
neben ihm seine Frau, hektische rote Flecken
auf ihren Apfelwangen, dahinter sogar
der Wachtmeister Johannes, ganz wichtig und ernst,
mit Pickelhaube und Orden.

„De Miete", sagt der Gastwirt, „de Miete, Frau Berndt."

17. Kapitel: Havarie

In Julius kocht eine Wut wie selten.
Er ist wütend auf seine Frau, wie kann sie bloß,
wie kann sie sich plötzlich gegen ihn wenden,
gerade jetzt, wo es drauf ankommt, da zetert sie,
das hat sie früher nie getan, was ist da nur los.
Wie kann sie ihm verheimlichen, dass seit dem Winter schon
eine Miete aussteht, muss er das nicht wissen,
wenn sie Schulden haben? Geht ihn das etwa nichts an?
Das Geld brennt in seiner Jackentasche,
er ist wütend auf die Firma,
die solche Schiet-Motoren baut, die dauernd bocken.
Dann schicken sie einen Mechaniker, der zuerst Geld will.
Ihr letztes Geld, weil der Per Hansen ja auch nichts hat,

der lebt ja schon auf Kosten seiner Schwester.

Auf Per Hansen ist Julius mächtig wütend,
der hat ihm das alles eingebrockt,
der mit seiner Idee, hier in Warnemünde
das große Geld zu machen, einen Betrieb
zu gründen, raus aus dem Elend.
Und nun das.

Seine größte Wut aber gilt nur einem Menschen,
das ist Julius klar, das braucht ihm niemand zu sagen,
er selbst hat den Karren in den Dreck gefahren,
für sich und seine Familie.

Als er beim neuen Strom ankommt,
wird er wieder etwas ruhiger, es hilft ja rein gar nichts,
die ganze Welt zu verfluchen, sich selbst zu verdammen.
Was nützt das? Vielleicht haben sie nach so viel Pech
endlich ein bisschen Glück. Und der Kutter läuft wieder.
Sie fahren gleich raus auf See und landen einen Fang.
Den bringt er dann dem Sültow als Anzahlung,
die Fische kann Frau Sültow für die Gastwirtschaft nehmen,
mit Fischen kann er die Miete bezahlen, warum nicht,
dann sieht der Sültow auch gleich,
dass es wieder läuft bei ihm.

Die motorisierte Fischerei, die wird sich durchsetzen,
die muss sich durchsetzen, das ist so sicher
wie das Amen in der Kirche.

Julius atmet tief durch, strafft die Schultern,
er muss sogar schon wieder lächeln,
als er seine Lieselotte sieht, das wird schon!
Der Mechaniker, der mit gieriger Geste das Geld einsteckt,
ist nach seinem Eindruck viel zu jung.
Haben die etwa einen Lehrling geschickt?

172

Der Schweiß steht dem Jungen auf der Stirn,
während er an dem Motor dreht und schraubt.
Weiß er, was er tut?

„Nu sölld'or wiedor löufen", sagt er und wischt sich
mit einem alten Lappen das Öl von den Fingern.
Sie fahren gemeinsam den Strom hinauf und wieder runter.
Der Motor pöttert vor sich hin.
Das klingt ganz gut.
Man verabschiedet sich.

„Lat rutfahren, Hansen", schlägt Julius vor.

„Vondaag noch?" Per bekommt große Augen.
„Ick mutt de Miete betahlen", sagt Julius,
„wi fliegen sonst rut. Ick bruk den Fang.
Is di dat to veel? Biste bang, dat de
dat Abendeten bi Anna verpasst?"
Da ist sie schon wieder: die Wut.

„He, Mensch, Jong", wehrt sich Per Hansen.
„Wat büste denn so grantig? Löpt doch wedder, die Lütte,
Dann fahren wi eben rut. Kein Ding.
Kann ick Fische to Anna bringen.
Wird ja och Tied."

Als sie draußen sind, die Weite des Meeres um sich,
das Land klein und fern, der Leuchtturm, die Häuser,
winzig wie Spielzeuge und um sie nur noch Wasser,
da fällt Julius auf, wie oft sie schon gemeinsam
hier draußen waren, er und Per Hansen,
wie vertraut ihnen die Handgriffe bereits sind,
wie routiniert sie inzwischen einander zuarbeiten.

Anfangs hatte er das Boot manöveriert,
während Per Hansen sich um Winde und Netz kümmerte,

auch um die Fische, wenn sie den Kutterboden bedeckten,
silbrig und glatt, ein zuckendes Gemenge von Fischkörpern,
schnappende spitze Münder und große Kugelaugen,
die Per dann in die Kästen sortierte, Scholle und Hering,
Dorsch und Makrele, die kleinsten warf er
zurück in die Wellen.
Jetzt teilen sie sich die Arbeit,
alles hat Julius gelernt, ein Fischer ist er geworden,
und Per Hansen steht ebenso sicher wie er am Ruder
und manövriert die Lieselotte durch Wind
und Wellengang. Das kann er jetzt.

Gerade hat Julius das Schleppnetz
zu Wasser gelassen, als der Motor verstummt.
„Maak wedder an!", ruft er dem Freund zu,
weil sonst ja die Fische wieder entwischen.

Aber der Motor bleibt stumm,
nur ein merkwürdiges Geräusch
hört Julius. Das klingt nicht gut.
Beunruhigt öffnen sie die Klappe zum Motor.
Da schlägt ihnen Qualm entgegen, dichter stinkender Qualm.
Warum qualmt der Motor?
Und ist da nicht, hinter den schwarzen Wolken,
in die sie hustend hineinstarren,
dort wo der Motor sitzt, ein heller Schimmer?
Ein Funken, eine Flamme?

Julius schluckt trocken.
„Per", fragt er mit aufgerissenen Augen,
„kannste swimmen?"

In Per Hansens runden Augen schimmert Panik,
als er mit einem Ruck aufsieht.

„Nee", sagt er, „du?"

18. Kapitel: Die Fahrkarte nach Stettin

Als die drei Personen in ihre kleine Stube drängen,
wird Frieda sich der Enge ihres Wohnens
schmerzlich bewusst. Sie bittet die unliebsamen Gäste,
Platz zu nehmen. So schieben die beiden Männer
sich auf die Küchenbank, die Wirtin setzt sich verlegen
auf einen der Stühle, so sitzen sie da.
Die kurze Stille, die folgt, klingt unerbittlich.
Gerne hätte Frieda etwas angeboten,
aber sie hat nichts zu verschenken.
Jetzt nicht mehr.
Die drei sehen sich um, natürlich tun sie das.
Frieda ist bewusst, was sie sehen, mit ihren
finsteren gnadenlosen Blicken.
Sie sehen die vier verängstigten Kinder in
den zwei Betten, aneinander gedrängt gucken die Kleinen
über ihre Bettdecken hinweg.
Die Gäste sehen die feuchten Kleidungsstücke,
die unter der Decke zum Trocknen hängen,
in der Ecke die Fischerausrüstung, die Seestiefel,
an Haken das schwere Ölzeug und die Hosen, die Julius
im Winter trug, eine Kiste voller Geräte, die Waage,
leere Fischkisten, der volle Seesack, daneben
ein Korb mit schmutziger Wäsche,
Besen, Schrubber und Eimer in einer anderen Ecke,
Regale voller Geschirr, Einmachgläser und Küchengeräte,
die Kleidung der Kinder auf der Schiffskiste gestapelt,
auf dem Tisch noch die schmutzigen Suppenteller,
aber wie soll Frieda denn auch in diesem
einen Zimmer Ordnung halten, mit sechs Personen,
mit all dem Zeug, das ein Fischer braucht,
wo soll sie denn hin mit all dem Zeug
in einem einzigen Zimmer.

Gern hätte sie den Gästen von ihrer hellen Wohnung

in Stettin erzählt, in der es wohnlich war und sauber.
Aber hier und heute ist Frieda nur eine, die die Miete
schuldig bleibt, so dass die Polizei
kommen muss, als sei sie eine Verbrecherin.

„Dei Kutter is wedder kloar", erklärt sie, „min Mann geht
wedder rut uf See, denn kümmt dat Geld."

Der Gastwirt beugt sich vor.
„Ick wöll dat Geld aver nu sofort", sagt er knapp.
Er zeigt ihr auch die Alternative auf:
Die Berndts packen ihre Sachen, und zwar nur,
was sie tragen können. Der Rest bleibt hier und ist seins.
„Dat is rechtens. Wat seggste, Herr Wachtmeister?"

Johannes nickt streng. „Gute Frau", sagt er,
„nu geben Se dem Mann schon, wat Se haben.
Dat muss doch ein Ende haben mit dem Schuldenmachen,
wo soll dat noch hinführen: beim Krämer, bi de Minna,
bi de Bank. Schulden, Schulden, Schulden.
Mag ja in Pommern üblich sin, dat man sich Geld leiht
und nicht torückzahlt. Hier herrscht Recht und Ordnung,
Frau Berndt, daför stehe ick."

„Ick heww nix", sagt Frieda und zuckt hilflos
mit den Achseln. „Ich heww do' nix."

Da springt Else aus dem Bett, in ihrem Hemdchen
läuft sie zur Schiffskiste und hebt den Deckel,
kramt die Blechkiste unter der Wäsche der Mutter hervor
und hält sie den aufgebrachten Erwachsenen entgegen.
„Das Wintergeld", sagt sie stolz. „Das haben wir doch."
Dann zerfällt ihr Eifer zu Staub,
als sie das Entsetzen im Blick der Mutter sieht.

„Nei, Else, nich!", will Frieda rufen,

176

aber sie verschluckt die Worte, starrt ihre Tochter an,
ihre Else, die plötzlich nur noch ein hilfloses Kind ist,
ein Kind, das die Gesetze der Großen nicht versteht,
das sich verirrt hat bei dem Versuch, nützlich zu sein.

„Also doch!", knurrt der Wirt und streckt die Hand aus,
„Denn geww dat mol her, dat is meins."

Else nimmt verschüchtert den Schlüssel vom Nagel
und legt beides auf den Küchentisch vor den Wirt.
Der kramt unwirsch in der Kasse.
Das soll alles sein? Das ist das Wintergeld?
Die paar Groschen?

Else blickt mit großen Augen auf.
„Das Wintergeld, Muddi, das Wintergeld",
flüstert sie verzweifelt, als könne sie es nicht fassen:
Die sorgsam gehüteten Ersparnisse sind fort.
Stumm schaut Frieda ihre Tochter an.
Mit diesem Geld wären sie mit dem Zug von Warnemünde
bis nach Stettin gekommen. Ihre Fahrkarte zurück.

„Dat langt nich", sagt der Sültow
und schiebt sich die Münzen in die Hosentasche.

„Es ist wohl besser, Sie holen Ihren Mann, Frau Berndt",
schnarrt der Wachtmeister.

19. Der Lotsenkommandeur

Fast dreißig Meter über dem Boden
steht Fiete Prost, seines Zeichens Leuchtturmwärter,
direkt neben der runden Glaskuppel des Signallichtes
auf der schmalen Galerie seines sandfarbenen Leuchtturms.
Mit seinem Fernglas prüft er den Horizont,

er hat an diesem späten Nachmittag das Wetter im Blick,
denn es frischt auf, könnte noch Starkwind geben,
die Wolken hängen tief, aber auf dem Wasser ist alles ruhig,
bis er ein Leuchten sieht, wo nichts leuchten sollte,
das ist nicht gut. Was für ein Boot ist dort draußen?
Warum leuchtet es so?
Noch einmal starrt er in sein Fernglas.
Dann wird ihm klar, was da draußen geschieht.

Mit einem Satz ist er auf der Treppe, rennt die endlosen
Stufen hinab, nimmt drei auf einmal, springt mehr, als
dass er läuft, hastet aus dem Turm, einmal quer über die
Straße, mit Sturmgeläut am Tor des Lotsenkommandeurs.

Der Lotsenkommandeur sitzt beim Essen,
der Tisch ist gedeckt, eine Kerze spendet feierliches Licht.
Fiete Prost stürzt herein, während die Hausherrin
das Fleisch schneidet.

„Een Boot is buten, dat brennt!", stößt der Wärter
atemlos hervor.

Der Kommandeur wischt sich mit einer Serviette
über den dichten Seemannsbart, während er sich erhebt.
„Das Wetter?" fragt er knapp.
„Frischt up", sagt Fiete, „Künnt Starkwind geven!"

„Hol fünf Mann zusammen", ordnet der Kommandeur an.
„Ich fahre selber mit. Ein Boot soll reichen."
Neben ihm steht seine Frau schon mit Schwimmweste
und Ölzeug. Sie kennt ihren Mann.

„Und Eile, Fiete, Eile", scheucht er den atemlosen Wärter,
während er seiner Frau die Sachen abnimmt.
„Wollen wir da noch jemanden lebend rausfischen,
dann müssen wir schnell sein."

Die ersten, die am Strand sind, helfen mit,
das lange Boot in die Wellen zu schieben, die Lotsen
tragen schon ihre Ausrüstung, als sie auf den Strand
zurennen, der Kommandeur wartet bereits auf sie,
gemeinsam springen sie in das offene Boot auf ihre Plätze,
dann rudern sie, rudern mit aller Kraft,
dem fernen flackernden Feuerschein entgegen.

Die Zurückgebliebenen am Strand
folgen mit Blicken dem davonstrebenden Boot,
sie spekulieren über die Chancen und Gefahren,
bis einer laut überlegt: „Dat is doch woll keiner von hi!"

Nein, alle sind sich einig. Um diese Zeit
fährt niemand raus auf See.
Hochsee, das könnte ja nur der Hein sein.
Der hat die Beine doch schon hochgelegt um diese Zeit,
der Hein raucht schon sein Abendpfeifchen.

„Dat Pommernboot is buten", berichtet einer,
der die beiden gesehen hat, die am Abend rausgefahren sind.
Für eine Proberunde hat er es gehalten, weil ja aus Leipzig
ein Mechaniker da gewesen war für den Motor.

„Na, hei het den Motor woll kaputtrepariert",
stellt der alte Fischer grimmig fest. „So is dat.
Allens Schiet."

Dann sehen sie sich gegenseitig an mit
tiefer Betroffenheit.
„Wi möten de Fomiljen vertellen",
meint Fiete Prost finster, denn keiner weiß,
ob es an diesem Abend gut ausgehen wird.

Schweigen herrscht nun zwischen den Männern.

Nur ein alter Fischer murmelt vor sich hin.
„Dat Meer is, wat et is", raunt er,
„de See nümmt, wat se wöll."

20. Kapitel: Am Strand

Als Frieda zum Strand kommt,
ist Anna schon dort und starrt in die Ferne,
also stehen die beiden Frauen wortlos nebeneinander
wie Ungezählte vor ihnen und nach ihnen,
immer das gleiche bange Warten,
hilflos, angstvoll über das Wasser starrend,
als könnten ihre Blicke die Vermissten herbeizerren,
als könne allein ihr stures stummes Ausharren
das Meer barmherzig stimmen.
Aber das Meer ist, wie es ist.

Als die Nachricht eintraf in dem kleinen Zimmer
in der Alexandrinenstraße, da war alles andere unwichtig,
mit einem Mal sprach niemand mehr von Miete
oder Schulden, die Blicke wurden verlegen.
„Löpen Se, Frau Berndt", sagte Frau Sültow,
„ick blev bi de Kinners."

Frieda ließ die unliebsamen Gäste sitzen, es war ihr gleich,
sie wandte ihnen den Rücken zu und stürzte hinaus,
eilte den gepflasterten Weg hinauf
an der Kirche vorbei Richtung Leuchtturm,
so schnell ihre Füße sie trugen, atemlos und zitternd,
mit jenem Gefühl von Fassungslosigkeit, als könne
ein solcher Albtraum einfach nicht Wirklichkeit sein,
nicht für sie, nicht hier und jetzt und nicht einfach so.

Aber Annas Anblick belehrt sie eines Besseren,
es ist alles wahr, denn sonst würde Pers Schwester

nicht hier am Strand stehen und nicht so schauen.

„Per kann nich swimmen", sagt die Freundin
in das Rauschen des Windes und der Wellen hinein.

Frieda schweigt. Sie weiß nicht, ob Julius
schwimmen kann. Sie hat ihn nie gefragt.

Der Wind zerrt an ihren Röcken und an ihren Haaren,
die Wellenberge steigen höher.
„Starkwind", brummelt einer der Fischer, die ebenfalls
dort stehen, niemand käme auf den Gedanken,
jetzt nach Hause zu gehen vor der Rückkehr
der Lotsen, die glücklich sein wird oder eben nicht.
Nach und nach kommen noch andere dazu,
auch Fritze steht jetzt neben seiner Anna
und starrt gegen den Horizont.

Fiete Prost ist auf seinen Leuchtturm gestiegen,
zurück auf seinen Beobachtungsposten auf der Galerie,
lässt das Fernglas nicht von den Augen.
„Dat Füer", ruft er hinunter und seine Worte werden
den beiden Frauen übermittelt, die ganz vorn
am Wasser stehen, zu weit entfernt, um sein Rufen
zu verstehen. „Dat Füer is ut."
Ob das erloschene Feuer ein gutes
oder schlechtes Zeichen ist, verrät er nicht.

Der Himmel verdüstert sich,
jetzt scheint das Licht im Leuchtturm heller.
Fiete Prost ist nur noch eine dunkle Silhouette
für die beiden Freundinnen, die immer wieder prüfend zu
ihm hochschauen. Er winkt und ruft. Seine Worte
werden wiederum zu ihnen getragen.

„Fiete Prost hett seggt, dat Boot kehrt torück."

Anna und Frieda schauen sich an, was heißt das,
möchten sie am liebsten fragen,
aber sie schweigen, denn erst muss das Boot
noch sicher an Land kommen,
jetzt geht es nicht nur um ihre beiden, Mann und Bruder,
um die sie fürchten. Auch die Retter selber
müssen durch die aufgewühlte See ans Ufer gelangen.

Dann endlich, nach quälender Warterei,
erreichen die erlösenden Worte die beiden Frauen,
Fiete Prost ist sich jetzt ganz sicher, er hat es gesehen
mit seinem Fernglas, jetzt kann er es verkünden,
weil kein Irrtum mehr möglich scheint:
Es sind *acht* Mann an Bord des Rettungsbootes.

Frieda sinkt dort, wo sie steht, in den Sand.
Ihre Beine wollen sie nicht mehr tragen.
Die Erleichterung überrollt sie
wie eine Welle der Erschöpfung, dort sitzt sie
und atmet ein und aus, spürt Annas Hand auf ihrer Schulter.
„Da kiekste, Frieda, sei kömmen all wedder."
Das klingt, als habe sie es die ganze Zeit über gewusst.
Die Frauen lächeln sich an.

Als die Männer das Boot an den Strand ziehen
und den Schiffbrüchigen beim Aussteigen helfen,
haben die Wartenden schon Fackeln angezündet.
Die Frau des Lotsenkommandeurs bringt Decken,
die werden den Geretteten um die Schultern gelegt,
dann geht es zum Lotsenhaus, dort brennt ein Feuer,
eine Suppe ist gekocht.

„Erst mal stärken, was Warmes in den Bauch",
erklärt die resolute Kommandeursfrau. So folgen sie ihr.
Anna hat den Arm um den jüngeren Bruder gelegt,
Frieda hat nach der Hand ihres Mannes gegriffen,

es ist so dunkel, sie kann kaum sein Gesicht ausmachen,
aber sie spürt den Druck seiner salzfeuchten Hand.
„Alls goot", hört sie ihn murmeln.
Das muss erst einmal reichen.

In der Halle des Lotsenhauses steht ein Tisch
mit Holzbänken, dort sinken sie nieder,
die Retter, die Geretteten, die Frauen, alle erschöpft,
durchnässt und aufgewühlt wie die See.
Dies ist eine glückliche Heimkehr.
Der Kommandeur schiebt kleine Gläser
über den blankgescheuerten Holztisch,
für jeden einen Korn, auch Frieda greift zu,
den kann sie brauchen, im Schein des Feuers
mustert sie die starren Gesichtszüge ihres Mannes,
er blickt zu ihr, ein müdes Lächeln umspielt
die aufgeplatzten Lippen.

„Als ick dat Ropen hört heb", sagt er mit rauer Stimme in die
Runde, „da heb ick dacht,
nu sluckt mi de See, da hört ick jau,
dat was as Musik."

Per Hansen räuspert sich. „Dat wärt gewesen,
wenn ihr nich gekömmt wärt. Dat wärt gewesen."

„Darauf trinken wir", erklärt der Kommandeur,
„auf die guten Männer, die kein Wetter scheuen,
um ihren Dienst zu tun. Und der ist wohlgetan.
Heute feiern wir eine glückliche Heimkehr."

Man kann den Worten anhören,
dass sie schon oft gesprochen wurden,
nun ist es an der Zeit, die Gläser zu heben,
die Suppe zu trinken, über Winde und Wetter
zu fachsimpeln, das Erlebte noch einmal zu erzählen,

dann auf den Mechaniker zu schimpfen,
auf die Motoren im Allgemeinen
und schließlich an die Mütze zu tippen
und aufzubrechen.

Die Männer klopfen Julius und Per auf die Schulter,
nicken den Frauen zu. „Da hewwt ji sei all wedder!",
knurrt einer vergnügt, zufrieden mit dem Ausgang
des aufregenden Abends, nach so einer Rettung
schläft es sich gut.

Frieda und Julius gehen ihre Straße hinauf,
auf das Gasthaus der Sültows zu,
die Wirtin sitzt immer noch bei den Kindern,
die längst schlafen.

Als das Paar hereinkommt,
erhebt sie sich und greift nach ihren Händen.
Die Rettung wurde ihr schon zugetragen
„Gott Loof un Dank!", sagt sie leise und fügt hinzu,
sie habe auch das Geschirr gespült,
die Else habe geholfen, das sei ein feines Mädchen,
und über die Miete, da würde erst morgen geredet werden.

Als die Tür sich hinter ihr schließt,
fragt Julius: "Wat sallte dat heten?"

Seufzend berichtet Frieda, dass alle dagewesen seien,
die Wirtin, deren Mann, sogar der Wachtmeister,
dass sie sie hinauswerfen wollten wegen der Miete,
was ja nun nichts wurde.

„De Wachtmeister?", fragt Julius.

Frieda nickt und sinkt auf einen Stuhl,
nach der Erleichterung

steht ihr nun das ganze Elend wieder vor den Augen.
Nun haben sie nicht einmal mehr das Geld,
um zurückzukommen nach Stettin.
Das gesteht sie ihm und dann fragt sie:
„Wat maak wi nu?"

Julius geht an seinen Seesack und sucht
trockene Kleidung hervor, eine lange Unterhose,
ein Hemd, viel hat er ja sowieso nicht mehr.
Dann zieht er sein Bettzeug aus der Kiste.

„Ick bin matt un mööd, Frieda", sagt er.
„Lat slapen."

Frieda nickt und beobachtet ihn,
jede Bewegung, jeden Handgriff, jede Geste,
dann muss sie ihre Erleichterung in Worte fassen:
„Ach, Julius, wat bin ick blied!"

„Ich ook, mien Frieda, ick ook",
seufzt Julius und sinkt in seine Kissen.

Frieda zieht ihr Kleid aus
und legt es sorgfältig über den Stuhl,
sie füllt Wasser in die Schale
und wäscht sich, trocknet das Gesicht
mit einem Leinentuch, öffnet ihr Haar.
Dann schiebt sie ihre kleinen Töchter zur Seite
und legt sich mit unter die Decke,
Lotte seufzt und dreht sich im Schlaf,
legt den Kopf an die Schulter der Mutter.

Die lauscht in die Nacht hinein,
horcht auf die vielfältigen Atemgeräusche,
hört leises Schnaufen, das Knarren der Bettgestelle,
die Geräusche der Federbetten,

spürt Lottes Atem am Hals.
Draußen fegt der Wind durch die verwinkelten Gassen,
peitscht die See und treibt die Wellen gegen die Mole.

Wir leben alle noch, denkt Frieda
und schließt die Augen.
Immerhin.

21. Kapitel: Dunkle Septembernacht

Als Julius die Augen aufschlägt,
scheint ein fahles Licht in das Zimmer.
Noch dämmert nicht der Morgen,
nein, es ist tiefe Nacht.
Der Wind hat die Wolken auseinandergetrieben,
so dass ein blasser Vollmond hervorgetreten ist,
dessen kaltes Licht in die Gassen fällt.

Julius kann nicht lange geschlafen haben,
aber er fühlt sich hellwach, vielleicht ist es die Gewohnheit,
es schlägt die Stunde, in der die Fischer aufstehen
und sich bereit machen für die Fahrt
hinaus auf die See.

So wie die Wolkenfetzen am Nachthimmel,
so schwirren ihm Bruchstücke von Gedanken
und Erinnerungen durch den Kopf, Bilder, Worte, Fragen,
sie tauchen auf und reißen ab.

Noch einmal sieht er die ersten Funken
im Motorraum und spürt die Angst.
Im nächsten Moment tauchen die grauen Wellenberge auf,
die sich heben und senken, die ihm
immer wieder den Blick auf das Festland versperren,
eine erbarmungslose Weite, eine gnadenlose Tiefe,

er hört seine eigene brüchige Stimme:
„Nich loslaten, Per! Nich loslaten!"

Sein Blick gleitet durch die kleine vertraute Stube.
Die Polizei war hier, fällt ihm plötzlich ein.
Sie setzen ihn mit seiner Familie vor die Tür, das tun sie.
Was soll er jetzt machen... als Maat anheuern...
... auf der Werft nachfragen ... aber wo sollen sie wohnen,
wer öffnet ihnen jetzt noch die Tür,
leiht ihnen jetzt noch Geld?

Andere Bilder drängen sich in sein Bewusstsein,
jener hektische Moment, als die Flammen schon zuckten:
Per und er warfen die Fischkisten von Bord,
so weit, wie ihre kraftvollen Arme es schafften.
Dann rissen sie sich die Kleidung vom Leib,
die Jacke, das Hemd, die Schuhe,
für mehr blieb keine Zeit, die Hose blieb an,
denn die Flammen bissen schon, die Hitze drückte,
ins Wasser, bloß ins Wasser, das erst Segen war,
dann Fluch. Aber bevor sie sprangen,
griff Julius nach dem Freund, der nicht schwimmen kann,
hielt ihn umklammert, während sie vom Boot sprangen.

Lass ihn nicht los, war sein einziger Gedanke,
lass bloß den Per nicht los, der geht unter wie ein Stein.

Das Meer verschlang sie, zog sie in die Tiefe,
aber sie kämpften sich nach oben. Nicht loslassen,
dachte Julius und zog den Freund mit sich,
bis ihre Köpfe aus dem Wasser stachen,
Luft - Luft in den Lungen, Himmel über den Köpfen,
die See schenkte ihnen eine Gnadenfrist...

Julius spürt, wie sein Herz gegen die Rippen hämmert,
er setzt sich auf, die Küchenbank ist zu kurz,

187

das Zimmer zu eng, die Wände so nah und drückend.
Er braucht Luft, er muss raus hier.
Ganz leise schleicht er durch den Raum,
schiebt die Tür auf und zieht sie hinter sich zu.
Er ist barfuß, denn er hat nicht einmal mehr Schuhe,
die hat das Meer geschluckt.

Draußen fällt ihm das Atmen leichter,
der Wind hat nachgelassen,
der Mond steht noch hoch am Himmel,
zwischen den von ihm beleuchteten Wolkenfetzen.
Es ist ein gespenstisches Licht, das seltsame Schatten wirft.
Julius geht zur Brücke, die hinüber zum Bahnhof führt,
in der Mitte bleibt er stehen, tritt ans Geländer,
blickt den Alten Strom hinauf,
wo rechts und links am Ufer die Fischerboote liegen.

Die ersten Fischer sind bereits am Werk
und machen mit routinierten Handgriffen ihre Kutter klar.
Sie gehen ihrem Handwerk nach wie jeden Morgen,
obwohl noch keine Spur vom Tageslicht zu sehen ist,
denn es ist bereits September,
ein Hauch von Herbst liegt schon in der Luft,
die Nächte werden schon wieder länger,
das erste Tageslicht lässt auf sich warten.

Julius betrachtet die schweigsam tätigen Männer.
Er war einer von ihnen
und zugleich auch nicht.

Trotz steigt in ihm auf, am liebsten
möchte er ihnen zurufen, dass die Motoren
am Ende siegen werden. Er weiß das.
Er weiß das. Sie mögen über ihn Witze reißen,
aber er weiß, was er weiß…

… als sie endlich keuchend und erschöpft
die ersten schwimmenden Fischkisten erreichten,
brannte die Lieselotte schon lichterloh.
Ein brennendes Boot auf dem weiten Wasser:
was für ein Anblick!
Die Fischkisten wurden zu ihren Rettungsringen,
das sie leidlich über Wasser hielten.

„Schaffen wi dat ton Festland?", fragte Per.
„Nee", erwiderte Julius, „de Strömung, wi drieven af,
dann finnen se uns in Leven nich. Wi blieven beter
bi dat Füer, dat is een Signal."

„Du meinst, de kömmen und holen uns?"

„Jo", sagte Julius, weil es gar keine andere Antwort gab.
„Jo. De kömmen. Behol di. Nich loslaten.".

„Aber de Wind, Julius", wandte Per Hansen ein,
„de wird doller, und de hevven man blot
de lütten Ruderboote."

„De kömmen", entgegnete Julius stur.
Er starrte in den bewegten Himmel voller dunkler Wolken.
Kälte umfing ihn. Er spürte die bedrohliche Müdigkeit.
„Die kömmen, behol di. Nich loslaten…"

Was soll er jetzt nur machen, ohne Fischkutter,
soll er bei einem der anderen Fischer anheuern? Als Maat?
Während Frieda ihre Rüben verkauft?
Nein, das kann er nicht…
Das schafft er nicht…
Das geht nicht…

Er kann überhaupt nicht hierbleiben,
denn wo sollen Frau und Kinder hin?

189

Bei Anna und Fritze ist zu wenig Platz,
dort muss Per schon unterkommen,
es ginge vielleicht für eine Nacht oder zwei, und dann?
Anna müsste ihnen Betten geben, sie versorgen,
denn die Kinder hätten Hunger,
man lässt Kinder ja nicht verhungern,
zumindest nicht am eigenen Tisch…

Nein, er will kein Bittsteller sein,
er muss fort von hier, er kann nicht bleiben…

Niemand hat je begriffen, worum es ihm ging,
schon in Stettin haben sie seine Idee verspottet,
in Warnemünde wurde noch lauter gelacht,
sogar seine eigene Frau hat den Kopf geschüttelt,
hat so getan, als ginge es ihm lediglich darum
ein Boot zu besitzen,
als wünsche er sich einen Kutter
wie Eddi ein neues Spielzeug.
Sie hat nie begriffen, was er wirklich wollte.

Julius ist sich sicher, dass den Motoren die Zukunft gehört,
sie werden diese Welt verändern,
sie werden die Pferde von den Straßen vertreiben,
die Segelboote vom Meer, die Ochsen von den Feldern.
Motoren werden das Leben in einer Weise umgestalten,
für die keine Fantasie ausreicht,
sie sich vorzustellen.

Darum ist es ihm gegangen:
er wollte sich einen Platz erobern
in dieser neuen Welt.
Für sich und seine Familie.

Einen einzigen Menschen gibt es
in diesem verschlafenen Fischernest,

der ihn verstanden hat.
Ein Einziger weiß, worum es geht
und wird vielleicht bereit sein,
ihm zu helfen.

Soviel ist gewiss:
Julius wird nicht auf der Küchenbank sitzen und warten,
bis sie ihn auf die Straße treiben wie einen räudigen Hund.
Er wird vorher das Weite suchen.
Seine Hände schlagen flach auf das Geländer
der Brücke, eine Geste wilder Entschlossenheit,
dann wendet er sich ab von den Fischern,
von den Kuttern, vom Alten Strom
und geht davon.

Frieda wacht in dem Moment auf,
als Julius die Tür hinter sich zuzieht,
sie blinzelt in das schummrig beleuchtete Zimmer,
ihr wird bewusst, dass es der Mond ist,
dessen Licht in die Stube scheint.
noch ist tiefe Nacht, eine gespenstische Nacht,
und die Küchenbank ist leer.
Julius ist fort.

Mit einem Ruck schiebt sie das Federbett fort,
setzt sich auf, hockt auf dem Bettrand
und starrt auf die zerwühlten Kissen.
Er ist fort.
Für einen Augenblick überkommt sie
ein tiefes Gefühl von Verlassenheit, denn
er wird nicht zurückkommen, warum sollte er,
was erwartet ihn hier? Ein Berg voller Schulden,
ein Bündel voller Kinder und eine Frau,
die ihm keine Frau mehr sein kann.

Da fällt ihr Blick auf den Seesack,

der friedlich an seinem Haken hängt.
Sie schimpft sich eine Närrin,
wie konnte sie sich nur von den Schatten
einer schaurigen Septembernacht
so in die Irre führen lassen?
Was immer Julius gerade macht und plant,
natürlich wird er zurückkehren und sie holen.

Seufzend erhebt Frieda sich
und zündet die Petroleumlampe an,
ein gelbliches-sanftes Licht leuchtet auf
und vertreibt den kalten Mondschein.
Im zweiten Bett regt sich etwas.

„Müssen wir schon aufstehen?" fragt Else müde,
„müssen die Lütten zur Schule?"

„Nei, kein School hüüt", erklärt die Mutter,
„wi sallen packen, Else, wi gahn fort."

„Wo ist Vadder?", will das Mädchen wissen.

„Wüß ick nich", gibt Frieda zu. „Mag woll sin, dat hei freggt
för dat Geld för de Fahrkarten taurück na Stettin."

Else seufzt erleichtert. „Er ist nicht ertrunken?
Die Sültow wollte nicht mit der Sprache raus,
aber er war in Seenot, nicht wahr?
Deshalb bist du hinausgelaufen,
und alle haben komisch geguckt."

„Vadder geht dat gaud", erklärt Frieda, „nur dat Boot is hin,
nu möst du upstünn, hülp mi packen."

„Müssen wir jetzt ins Armenhus?", fragt Else.

Frieda schüttelt den Kopf. „ Ach wat..."
Sie beginnt, die Kleidung in die Schiffskiste zu packen.
Die Schuhe und Jacken müssen die Kinder anziehen,
die passen nicht in die Seekiste hinein.

Im Bett hinter ihr bewegt sich etwas,
zwei Kinderköpfe erscheinen zwischen den Kissen.

„Was'n Armhus?", fragt Käte ihre Schwester leise.

„Weiß nich", flüstert Lotte zurück.
„Da gah ick nich hin", erklärt die Jüngste entschieden.

Das Packen ist nicht einfach.
Frieda nimmt ihre blauweißen Teller in die Hand,
auf die sie so stolz ist, aber Porzellan ist schwer,
- sie müssen vielleicht alles tragen - ,
auch die Vorräte, die Gläser mit all dem Gemüse,
so mühsam eingekocht, aufgespart für den Winter,
all das muss zurückbleiben.
Dann fällt ihr Blick auf die Hutschachtel,
ganz oben im Regal liegt sie, verwahrt einen Schatz,
ihren Strohhut nämlich, den mit den bunten Bändern.
Die Schachtel ist zwar leicht, aber viel zu sperrig.
Und überhaupt:
Was braucht sie jetzt noch einen Strohhut?

22. Kapitel: Ein neuer Morgen

Es ist die stille Stunde in Warnemünde,
das trunkene Gelächter der späten Kurgäste
ist längst verklungen, die Gasthäuser sind geschlossen,
die Läden zugeklappt. Der Wind ist verstummt,
der Mond spiegelt sich im trägen Wasser,
ein leichter Nebel steigt auf.

Die Fischer sind hinausgefahren,
nur wenige Boote liegen verlassen am Kai,
die Möwen verstecken die Köpfe im Gefieder,
dass Tagwerk der Frauen hat noch nicht begonnen,
alles ist ruhig.

Kühl ist es in jener Stunde vor Sonnenaufgang,
die Kinder sind froh über Jacken und warme Socken,
selbst Julius hat wieder Schuhe an den Füßen.

Als er zurückkehrte, um seine Familie zu holen,
da waren sie schon aufbruchbereit.
Alles war gepackt. Müde kauten die Kinder
an ihren morgendlichen Butterstullen
zwischen Bündeln, Rucksäcken und Kisten.

Jetzt trägt er gemeinsam mit Frieda die schwere Seekiste,
den Seesack auf dem Rücken, Eddi an der Hand.
Der kleine Junge hält die gebündelten Schulsachen,
ein Gürtel fasst Bücher und Tafeln zusammen.
Frieda trägt Rucksack und Korb,
Else hat die kleinen Schwestern an der Hand,
die ihrerseits nur ihre Puppen umklammern,
die zurückzulassen sie sich standhaft geweigert haben.

Die kleine Gruppe überquert die Brücke,
aber als Frieda auf den Bahnhof zusteuern will,
lenkt Julius sie am Kai entlang.
„Wi mutten ans Enn van Haven",
erklärt er, „wi nehmen de Seeweg."

„Fahren wir mit unserem Kutter?",
fragt Eddi aufgeregt.

„Nee", sagt der Vater, „de Kutter is hin,
wi fohren mi' n groteren Boot,

194

Hein fahrt uns, sin Kutter het ook een Motor."

Eddis Augen leuchten: „Wird dat ne lange Fahrt, ja?"

„Jo, mien Jong, dat wird ne lange Tour."

Bei der Hafeneinfahrt stellen sie die Kiste ab,
Frieda setzt sich darauf und nimmt Lotte auf den Schoß,
dem Mädchen tut der Fuß weh.
Käte drängt sich neben sie, schmiegt sich an die Mutter.
Eddi starrt angestrengt in die Ferne, wo Meer und Himmel
zu einem nächtlichen Dunkel verschmelzen,
noch ist kein Lichtschein am Horizont,
nur der Mond scheint auf sie herab,
rund und kalt.

„Wann kommt hei denn blot?", fragt Eddi ungeduldig.

„Wenn de Morgen dämmert, dann kummt he",
verspricht Julius, „för ein solche Tour brukt's Daglicht."

Er stopft sich eine Pfeife,
den Tabak hat Fritze ihm geschenkt.
Nach seinem Weg zu Hein hat er nämlich
bei den Freunden geklopft, er wollte nicht
ohne Abschied gehen.

Anna öffnete in Nachthemd und Jacke,
und bat ihn hinein, so als sei es die übliche Zeit,
um Gäste zu empfangen.
Sie schob ihn in die Stube und zündete ein Licht an,
Fritze saß aufrecht in seinem Bett,
„Na, da het de Dood nomal Gnad hevvt", knurrte er.

„Jo", gab Julius zurück, setzte sich auf das Sofa
und fügte hinzu: „Ick gah wech von Warnemünde."

195

„Jo, woll bedder", gab Fritze ungerührt zu.
Rührselig sind sie nicht, die Warnemünder.

Anna fragte, ob sie Kaffee kochen solle,
und stand ratlos herum mit Jacke und Nachthemd.

„Nee, nee", wehrte Julius ab,
„ick wull blot Tschüss seggen."

Da holte Anna zehn Eier für Frieda in Zeitung gewickelt,
ein Stück Aal für Eddi, den mag er doch so gern.
Fritze zog den Tabak aus seinem Schubfach.
Damit Julius was zum Smoken hat.
Anna kramte ein paar alte Schuhe von Fritze hervor,
wischte sie sauber, reichte sie dem Gast.

„Kannst ja man nich barfuß taurück na Pommern."

Julius nahm die Geschenke, ohne zu zögern,
„Danke", sagte er, „för allet."

Anna will Per wecken, als Julius sich erhebt,
aber der winkt ab.
Was soll jetzt noch das Gesnack mitten in der Nacht,
der Per braucht doch seinen Schlaf,
und zu ändern ist sowieso nichts mehr.

„Dat ward alls wedder", sagte Anna zum Abschied.

„Na kloar", nickte Julius.

Jetzt klingen Annas Worte in ihm nach.
Dat ward alls wedder, hat sie gesagt,
und er hat genickt, aber es fühlt sich nicht so an,
nicht in dieser dunklen Stunde.
Er will etwas zu Frieda sagen, seiner armen Frau,

will das Schweigen zwischen ihnen brechen,
aber ihm fällt nichts ein.
So zieht er eben an seiner Pfeife,
pustet den Rauch in die Dunkelheit
und starrt - genau wie der kleine Eddi -
suchend und wartend auf das nachtschwarze Meer.

Frieda hockt auf der Seekiste,
hält ihre kleinen Töchterchen in den Armen,
Else hat sich neben sie gesetzt,
das Gesicht des Mädchens wirkt bleich
im Licht des blassen Mondes,
ihre Stirn ist gerunzelt, als denke sie angestrengt nach.

„Werden wir jetzt keine Fische mehr verkaufen?",
fragt sie leise.

Die Mutter schüttelt den Kopf.
„Nei, nu verkopen wi kein Fiske mehr."

„Das ist gut", sagt Else.

Frieda antwortet nicht. Sie denkt zurück
an die Freude, mit der all das einst begann.
Nun sitzen sie hier, die Berndts,
die so hoch hinaus wollten,
sitzen unter dem Vollmond in Warnemünde
mit ihren vier Kindern und nichts mehr in den Taschen.

Für einen Augenblick bereitet es ihr
einen fast trotzigen Spaß, sich selbst zu verspotten,
als ginge es gar nicht wirklich um sie,
als sei alles nur Teil einer Geschichte.

Die Stimme ihres Mannes reißt sie aus ihren Gedanken.
Er steht neben ihr und blickt auf das Meer.

„Wenn wi in Stettin ankomen", meint er nachdenklich,
„wor gahn wi dann hen?"

„Tau Lieschen, denk ick", antwortet Frieda.

Er wirft ihr einen kurzen Blick zu,
dann wendet er sich wieder ab,
starrt auf das dunkle Wasser.
Er räuspert sich. Er fragt leise, ob sie wirklich vorhat,
Lieschen zu beichten, dass ihre Ersparnisse allesamt
durchgebracht sind, dass sie nun doch bitte
trotzdem eine sechsköpfige Familie aufnehmen soll,
die nichts mehr hat, nicht einmal mehr Betten?
Seine Worte klingen düster, gar nicht wie eine Frage,
dennoch fühlt Frieda sich zu einer Antwort aufgefordert.

„Wat süllen wi anners säggen?", gibt sie zurück.

Julius nickt langsam.
Eine Weile bleibt es still zwischen ihnen,
dann hört sie ihn seufzen

„Und wat maaken wi dann?", fragt er.

Frieda blickt mit großen Augen auf seinen Rücken.
Warum nur verlangt der Mann von ihr,
das Notwendige auszusprechen?
Es liegt doch auf der Hand, warum zwingt er sie,
das Unerbittliche in Worte zu fassen.
Natürlich wird er zur Werft gehen,
um Arbeit fragen.
Was bleibt sonst.

Wieder nickt er stumm in die Finsternis hinein,
wirkt auf seine Frau noch gebeugter als zuvor.
Sie fühlt, wie ihr Herz schwer wird.

Er braucht sich gar nicht umzudrehen, sie weiß,
dass sich ein Schatten auf sein Gesicht legt.

„Naja", hebt sie ratlos an. "Dat is, wie et is."

„Jo", bestätigt Julius, „is, wie et is."

Die Trostlosigkeit in seiner Stimme tut ihr weh.
Sie will so gerne etwas sagen, um alles, alles
leichter werden zu lassen, aber ihr fällt nichts ein.

„Wat is mit de Bank?", fragt sie schließlich.
„Wat wörn dei Herren vun de Bank säggen?"

„Denen hört nu de Kutter", meint Julius rau,
„söllen se sick de Reste vom Meeresgrund halen."

Als ein schmaler Lichtstreifen
am Horizont erscheint und die ersten Frauen
sich an der Mole versammeln,
um auf die Rückkehr ihrer Männer zu warten,
hört Julius endlich den Schiffsmotor.
Heins Kutter steuert auf sie zu.

„Da kömmt hei", ruft Eddi und hoppst aufgeregt.

Hein legt an. Sie heben die Kinder an Deck,
die Kiste, Körbe und Säcke.
Schließlich klettert Frieda hinüber,
und zum Schluss geht Julius selbst an Bord.

Mit einer knappen Geste geben die beiden Männer
sich die Hand, ein stilles Einverständnis.
Hein nimmt seine Pfeife aus dem Mundwinkel.
„Na, dann legen wi mal ab", meint der Fischer.
„Da liegt eine Strecke vor uns."

Julius nickt. „Danke", sagt er,
aber Hein winkt ab. „Da nich för!"
Er kehrt ans Ruder zurück
und manövriert das Boot aus dem Hafen
auf die freie See.
Julius tritt zu seiner Frau an die Reling.
Das dämmrige Morgenlicht breitet sich aus.
Jetzt sind die Fischerboote schon zu erkennen,
die auf die Küste zuhalten.
Die Möwen umschwirren die kleinen Segel,
das Kreischen klingt zu ihnen herüber,
als die Sonne aus dem Meer aufsteigt
und ihre Strahlen die Szenerie aufleuchten lassen,
die Wolken bekommen glitzernde Ränder.
Ein goldener Septembermorgen bricht an.

In Warnemünde gehen nun bald alle
ihrem gewohnten Geschäft nach.
Heins Boot dreht ab Richtung Osten,
der aufgehenden Sonne entgegen.
Julius beobachtet, wie die Boote winziger werden,
wie Warnemünde sich in der Ferne verliert,
bis nur noch der sandfarbene Leuchtturm aufragt,
und schließlich alles aus seinem Sichtfeld verschwindet.

Seufzend dreht er sich um, lehnt sich mit dem Rücken
gegen die Reling, beobachtet seinen Jungen,
wie dieser Heins breitbeinigen Stand nachahmt.
Der kleine Bengel hat sich sogar die Pfeife des Vaters
aus dem Seesack stibitzt, und sie sich ganz lässig
in den Mundwinkel gesteckt. Nun will Eddi
kein Wachtmeister mehr werden, sondern Kapitän.

Lotte und Käte haben sich auf dem Deck niedergekniet,
lassen ihre Puppen auf den Holzplanken hüpfen.
„Komm, Else, spiel mit", fordert Lotte die ältere Schwester,

„du darfst uck dei Modder sin."

„Nee, lieber nicht", erwidert Else.
Sie knüllt ihre Jacke zu einem Kissen,
lehnt sich gegen eine Taurolle
und schließt die Augen.
Julius schaut zu, wie die dunklen Locken
ihr ins Gesicht fallen, ihr Atem wird gleichmäßig,
was hat sie wohl für eine unruhige Nacht hinter sich,
seine Älteste, die Tapfere.

Vorsichtig berührt er Friedas Hand,
die auf der Reling liegt, eine vertraute Hand,
klein, kräftig und fest,
mit so vielen Schrunden daran vom Waschen und Kochen,
vom Schleppen und Schaffen.
Fragend schaut sie auf.
Er nimmt sich ein Herz, holt tief Luft.

„Kiek mol, Frieda", beginnt er vorsichtig.
„Dat hätt hinhauen können mit de Fiskerei.
Dat het de Hein ook seggt.
Dat het hinhauen können, aber dat söllte nich sin."

Zu seiner Überraschung ist ihr Blick weich,
ein wenig verhalten, aber voller Sanftmut.
Sie zuckt mit den Schultern.
„Ach du", sagt sie, „ik glöv, dat kümmt, wiet kümmt.
Da künn wi nu nix dran ännern."
Mehr sagt sie nicht.

Eigentlich würde Frieda gerne noch mehr Worte finden,
denn ihr Herz ist voll.
Ratlos blickt sie zu ihm auf.
Zu ihrer Erleichterung entdeckt sie in seinen Augen
den Anflug eines Lächelns.

Es hat seine Lippen noch nicht erreicht,
die sind eine Linie, fast ganz verdeckt vom Schnurrbart,
zusammengepresst wie bei einem Kind,
das seine Medizin nicht schlucken will.
Aber in seinen Augenwinkeln funkelt es schon wieder,
ein so vertrautes, fröhliches, wohliges Licht.
Man möchte sich die Hände daran wärmen.

Julius seinerseits betrachtet das Gesicht seiner Frau,
ja, er studiert es regelrecht, denn er will herausfinden,
warum ein Versprechen darin verborgen liegt.
Vielleicht sind es die Grübchen in ihrer Wange,
der Schwung ihrer Lippen
oder die ungezählten Lachfältchen in ihren Augenwinkeln.
Was es auch ist…
Irgendetwas in ihrem Wesen schenkt ihm
die unumstößliche Gewissheit,
dass auch auf die finsterste Nacht
ein neuer Morgen folgt.

Er nickt. „Jo, mien Frieda, so is dat."

Mehr Worte braucht es nicht.

Ende

Brief an die Nachkommenden

Ihr Lieben,

in der Widmung habe ich schon deutlich gemacht, dass ich diese Erzählung für euch – Nichten, Neffen, Kinder, Großneffe und alle, die noch kommen mögen - verfasst habe. Ich wollte einige eurer familiären Wurzeln lebendig erhalten. Hoffentlich habe ich es geschafft, etwas von der Kraft und der Unverwüstlichkeit, die gerade eine Arbeiterfamilie am Anfang des letzten Jahrhunderts auszeichnete, spürbar werden zu lassen. Friederike und Julius sind zwei Menschen, die noch im Deutschen Kaiserreich – also Ende des 19. Jahrhunderts - geboren worden sind, Kinder ihrer Zeit, bodenständig und treu und doch voller Sehnsüchte und Träume; Menschen, die sich auf den Weg gemacht haben, die gestrauchelt und umgekehrt sind, zwei, die nie aufgegeben haben.

Rund wird die Geschichte eigentlich erst, wenn ihr auch etwas über das weitere Schicksal dieser Familie erfahrt. Die kleine Kuttergeschichte beschreibt den wagemutigen Versuch, dem üblichen Arbeiterschicksal zu entkommen, was unseren Vorfahren leider misslang. Dieses Scheitern war nur der Anfang einer ganzen Reihe von Katastrophen und Krisen, die die sechsköpfige Familie Berndt zu bewältigen hatte.

1914 brach der Erste Weltkrieg aus mit all seinem Grauen sowohl für die Soldaten als auch für die Daheimgebliebenen. Die vier Geschwister Else, Eddi, Lotte und Käte, waren am Ende des Krieges Jugendliche, allem Anschein nach alle vier mit einem gesunden Lebenshunger ausgestattet, mit all den Flausen, zu denen junge Menschen zu jeder Zeit neigten.

Leider befand sich Europa in den 20er Jahren des letzten Jahrhunderts in einer Dauerkrise, wirtschaftlich und politisch.

In Deutschland mündete diese Dauerkrise - wie ihr ja sehr gut wisst - in einer nationalsozialistischen Diktatur mit all ihren unvorstellbaren Verbrechen und schließlich im Wahnsinn eines erneuten Weltkrieges.

Flucht, Vertreibung, Hunger und bittere Verluste gehörten damit auch zum Alltag von Julius und Friederike Berndt, ihren inzwischen erwachsenen Kindern und ihren Enkelkindern.

Nach dem Ende dieses Krieges zog sich die unerbittliche deutsch-deutsche Grenze mitten durch die Familie. Keiner von den Menschen, die in meiner Erzählung vorkommen, erlebte die Wiedervereinigung der beiden deutschen Staaten. Wenn wir in diese Familiengeschichte eintauchen, erleben wir Trauer, Streit und Zerwürfnisse. Aber auch anderes: Menschen, die ihr Leben aller Widrigkeiten zum Trotz meistern, die in schwierigsten Zeiten Liebe und Glück erfahren. Wir sehen in Julius und Friederike ein Paar, das durch all diese Schicksalsschläge und Katastrophen hindurch zusammenbleibt und seine vier Kinder, ja zum Teil auch noch die Enkelkinder, selbst unter bedrohlichsten Umständen liebevoll (mit-) großzieht.

Ohne diese beiden Menschen gäbe es euch alle heute nicht.

Im Rückblick auf diese Familiengeschichte wird das ewige familiäre Spiel zwischen Distanz und Nähe, zwischen Abgrenzung und Verbundenheit spürbar.

Es ist Friederike, die Eddis Tochter Eva in den Trümmern Stettins findet und sie in Sicherheit bringt. Sie ist es auch, die Kätes Sohn Klaus - euren Opa, bzw. Uropa Adam - bei sich aufnimmt und großzieht. Es ist Else, die ihre Eltern nach dem Krieg zu sich nach Sünna nimmt, und es ist Käte, bei der Friederike ihre letzten Jahre in Goslar verbringt.

Ich erinnere mich selber noch gut an die Besuche meiner Großtante Else, die im Rentenalter aus der DDR in den „Westen" einreisen durfte, und resolut und skrupellos unter ihrer Unterwäsche streng verbotene Udo-Lindenberg-Platten für ihren Enkel Jürgen durch die scharfen Kontrollen der innerdeutschen Grenze schmuggelte. Ich erinnere mich auch gut an die Besuche meines Großonkels Eddi, der gelegentlich unangemeldet mit seiner Frau Gerda aus Uelzen anreiste, auf dem Goslarer Markt einen fettigen Aal kaufte, den niemand außer ihm selbst mochte, und der uns Kinder mit Charme und Witz zum Lachen brachte.

Mir selber ist beim Recherchieren und Schreiben die Erkenntnis gekommen, in Familie weit mehr zu sehen als einen zufällig zusammengewürfelten Haufen, als das gelegentliche Treffen von Menschen, die unterschiedlich miteinander verbunden sind, die sich mehrmals im Jahr auf einen Kaffee oder zu einem weihnachtliches Festessen zusammensetzen, angetrieben von unterschiedlichsten Gefühlen und Motiven, in einer Spannbreite zwischen sehnsüchtiger Vorfreude und familiärem Pflichtgefühl.
Familie ist mehr.
Natürlich kann Familie ein Ort heftiger Konflikte und tiefer Verwundungen sein. Im besten Fall ist sie aber die Instanz, die zulässt, dass du fortgehst, dich abwendest, über sie hinauswächst. Familie ist der Ort, von dem du dich sorglos abwenden kannst, um dich auszuprobieren, um zu scheitern oder zu siegen, der Ort, an den du - mit welchen Erfahrungen auch immer im Gepäck - zurückkehren kannst, und wo gefeiert wird, dass du wieder da bist. Familie ist das Netz, das ohne Zögern zufasst, wenn du stürzt, ohne je zu fragen, „was es bringt, ob es lohnt". Es ist ein Gebilde, für das du unerlässlich bist, weil du **du** bist und weil niemand anders **deinen** Platz ausfüllen kann.
Familie ist jenseits aller emotionalen Verwirrungen, Erwartungen und Überforderungen im Guten und im weniger Guten eine Schicksalsgemeinschaft.

In Liebe, Rike

Nachtrag 2

Eine Empfehlung

Wer liest Danksagungen?
Keine Ahnung. Ich nehme an, viele sparen sie sich, deshalb verpacke ich meinen ersten Dank in eine warmherzige Empfehlung: Wenn Ihr jemals nach Warnemünde kommt, dann verpasst es auf keinen Fall, das kleine Heimatmuseum im Alexandrinenweg zu besichtigen und viel Zeit mitzubringen. Ich war schon in vielen Heimatmuseen und habe noch keines erlebt, das so liebevoll und ausführlich die Geschichte eines Ortes erzählt und erlebbar macht.

Als ich nach Warnemünde kam, plagte mich gerade eine Schreibkrise, weil ich leider keine Vorstellung davon hatte, wie eine zugezogene Fischer-Familie am Anfang des 20. Jahrhunderts wohl in diesem Ort gelebt haben mochte.
Der Heimatpfleger Herr Wegner bemühte sich nicht nur im Vorfeld meines Besuches, zahlreiche Fragen per Email zu beantworten, er reiste auch am Wochenende aus Rostock an, um mich durch sein Heimatmuseum zu führen, unzählige Details mit mir durchzusprechen, Literatur herauszusuchen, Seiten zu kopieren und all meine Fragen geduldig anzuhören und nach Möglichkeit zu beantworten. Während meiner Reise nach Warnemünde bekam ich eine deutliche Vorstellung davon, wie es sich für meine Urgroßeltern angefühlt haben könnte, hier gelebt zu haben, in dem Gasthaus im Alexandrinenweg unweit der kleinen Backstein-Kirche ganz nah am Alten Strom.
Ich werde den sonnigen Vormittag im März 2019, den ich fragend, suchend und staunend in dem Warnemünder Heimatmuseum und am Warnemünder Strand und Hafen verbrachte, immer in dankbarer Erinnerung behalten.

Was von alledem ist wahr?

Allzu gerne würde ich antworten: Wahrscheinlich alles, denn die Szenen sind mir so mühelos aus der Feder geflossen, dass mich bei diesem Projekt ganz sicher die zahlreichen Geister meiner Vorfahren geleitet haben.
Aber ich sehe eure skeptischen Gesichter, also streichen wir den Satz lieber.

Dieser Nachtrag ist wirklich nur für die, die es genauer wissen wollen, alle anderen können weiterblättern zu den Fotos.

Also: was ich bei meinen Recherchen über Friederike und Julius erfahren habe, waren Bruchstücke, vereinzelt wie Puzzleteile, die ich ergänzen musste, um das Bild zu vervollständigen. Meine Quellen waren in erster Linie meine Eltern (Sohn und Schwiegertochter von Käte), meine Tante Karin (Tochter von Else), Tante Renate und Onkel Harald (Kinder von Lotte). Sie alle haben Julius und Friederike gekannt und teilweise mit ihren Großeltern zusammengelebt.

Was sie mir mitteilten, nehme ich also als Überlieferung: Aus dieser Quelle stammen die Geschichten, die Julius von seinen Reisen erzählt, die Aussage, dass er – bis auf Australien - alle Kontinente gesehen hat. An das Lied, das Friederike singt („Das Geld regiert die Welt"), konnte meine Tante Karin sich noch genau erinnern. Julius liebte alles, was modern und technisch war, seine Frau hingegen konnte nicht einmal das Radio leiden. Julius hatte in der Lunge einen eingeschlossenen Hundebandwurm, den er einem Hund zu verdanken hatte, mit dem er sein Brot geteilt hat. Sein Traum von einem eigenen Boot ist überliefert, den handgezeichneten Bauplan habe ich selber in den Händen gehalten. Den Kutter kaufte er mit einem Freund zusammen, dessen Namen leider niemand mehr kennt.

Per Hansen, wie er in dieser Erzählung auftaucht, sowie sein Hintergrund, seine verwandtschaftliche Bindung nach Warnemünde, seine Persönlichkeit sind frei erfunden.

Zurück zum Überlieferten: Das gemeinsam erstandene Boot war ständig kaputt, so dass Friederike in Warnemünde Gemüse verkaufte statt Fische. Die Familie lebte in einem Zimmer im Gasthaus Sültrow im Alexandrinenweg.
Friederike hat das Haus ihren Enkelkindern gezeigt, und ich habe bei meinem Recherche-Ausflug dort übernachten dürfen, allerdings ist es inzwischen nicht mehr das Originalgebäude.
Keiner weiß, wie lange die Familie Berndt in Warnemünde lebte, aber vor dem 1. Weltkrieg waren sie zurück in Stettin und lebten dort in einer Kellerwohnung. Da sie 1911 noch in Stettin waren, gehe ich davon aus, dass sie von 1912 bis 1913 in Warnemünde waren. Sie kehrten in einem Boot aus Warnemünde zurück. Ganz genau kann ich den Zeitpunkt der Rückkehr nicht benennen, auch das Alter der Kinder zu dieser Zeit ist daher wage.

Immer wieder erzählte Friederike von jenem Moment am Warnemünder Hafen, in dem sie mit ihren vier kleinen Kindern gescheitert und pleite auf einer Schiffskiste saß. Und dass der Vollmond in jener Nacht schien. Sie brachte mit ihrer Erzählung die Familie zum Lachen, erzählte es mit Humor und einem Hauch von Stolz, als sei es das größte Abenteuer ihres Lebens gewesen.
Ist das nicht ein wunderbares Beispiel für ein erfolgreiches Scheitern?

Ihr seht: Die Lücken, die ich zu schließen hatte, sind groß. Ich schloss sie mit der Hilfe anderer historischer Quellen, sowie mit einer Mischung aus logischer Schlussfolgerung, Intuition und Fantasie. Wenn mir dabei historische Ungenauigkeiten oder gar Fehler unterlaufen sind, bitte ich, sie zu entschuldigen. Um den realen Geschehnissen möglichst nahe zu kommen, habe ich vieles über Stettin gelesen, zur Arbeitergeschichte des frühen 20. Jahrhunderts recherchiert, mich in die Warnemünder Fischereigeschichte eingearbeitet. Je mehr ich erfuhr, desto wahrscheinlicher wurde die kleine Anekdote.

Denn wirklich: In jener Zeit wurde die Motorisierung der Fischerei durch Reichskredite vorangetrieben. Aber die Warnemünder Fischer waren skeptisch, sowohl den Motoren selbst gegenüber als auch den Auswärtigen, die sich mit Motorbooten ansiedelten. Die ersten Motoren, insbesondere die deutschen, waren anfällig. Sie trieben manchen Fischer in den Ruin. Dass Seemänner sich als Fischer versuchten, um dem schlecht bezahlten Arbeiterleben zu entkommen, war ebenfalls keine Seltenheit.

Bis auf meine Urgroßeltern und ihre Kinder, Friederikes Schwester Lieschen, den Freund, dem ich selbst einen Namen geben musste, dem Gastwirt Sültrow, der Gastwirtin Minna und dem Kaiser Wilhelm, tauchen keine historischen Personen auf. Es war nicht schwierig, zu recherchieren, welche Männer in den Jahren kurz vor dem 1. Weltkrieg in Warnemünde Vogt, Lehrer, Wachtmeister oder Lotsenkommandeur gewesen sind. Aber ich habe diese Menschen bewusst nicht namentlich aufgenommen, sondern stattdessen „Typen" skizziert, die jene Kaiserzeit mit ihrem Sein und Denken repräsentieren. Denn die wirklichen historischen Figuren hätten alle eine eigene Geschichte verdient. Eine solche grob skizzierte Nebenrolle wäre ihnen nicht gerecht geworden.

Warnemünde verfügte über eines der ersten funktionierenden Seenotrettungswesen. Schiffbrüchige zu retten und dafür sein Leben zu riskieren, war zu jener Zeit nicht selbstverständlich. Der Warnemünder Lotsenkommandeur Stephan Jantzen (im Dienst von 1867 bis 1903) setzte Maßstäbe und sich selbst ein Denkmal, indem er im Laufe seiner Dienstzeit über 80 Menschen das Leben rettete.

Das Bootsunglück, das Julius und seinem Freund am Ende der Geschichte widerfährt, ist reine Erfindung, und dennoch spiegelt es ein Stück Warnemünder Geschichte wider, wie sie belegt ist.

Das brennende Boot als Finale ist schriftstellerische Freiheit. Was soll's?

Jede gute Geschichte braucht einen dramatischen Höhepunkt.

Zugleich ist diese Rettung der beiden Schiffbrüchigen als eine respektvolle Verneigung vor der noch jungen Seenotrettung jener Zeit gemeint. Denn während zeitgleich in ganz Deutschland jubelnd zu den Waffen und zum heldenhaften Töten gerufen wurde, stiegen mutige Männer wortkarg in schwankende Ruderboote mit dem einzigen Ziel, Menschen vor dem Ertrinken zu retten.

Nachtrag 4

Ein Hoch auf das Platt

Als ich von meiner Tante Karin erfuhr, dass meine Urgroßmutter Friederike ihr Leben lang Plattdeutsch gesprochen hat, stellt mich das vor zwei Probleme:

- Ich konnte meine beiden Hauptpersonen unmöglich hochdeutsch sprechen lassen. Das hätte ihre Persönlichkeiten vollkommen verfälscht. Aber wer versteht Dialoge auf Plattdeutsch?
- Wer kann heute überhaupt noch sagen, wie Menschen vor über hundert Jahren gesprochen haben? In Rostock, in Stettin, in Warnemünde? Alteingesessene, Neuzugezogene, weitgereiste Seeleute, einfache Arbeiterfamilien, Beamte, Studierte?

Sprache ist etwas Lebendiges und ununterbrochen im Wandel. Daher habe ich auf historische Genauigkeit verzichtet und stattdessen Sprache als Stilmittel benutzt. Sie soll Unterschiede deutlich machen. Unterschiede zwischen Stettin und Warnemünde, zwischen verschiedenen Schichten, zwischen den hier vorkommenden Generationen. Sprache skizziert die Abgrenzungen und zugleich auch Verbundenheit.

Friederike spricht Plattdeutsch, anders wäre ich ihr nicht gerecht geworden. Ich habe mich dabei weitgehend an dem Pommerschen Platt orientiert, dass in Liselotte Schwiers Buch „Das Paradies liegt in Pommern" vermittelt wird. Julius spricht ostfriesisches Platt. Zum einen kommt dies durch die Ähnlichkeit zum Englischen einer „Seemannssprache" am nächsten, zum anderen konnte ich hier auf professionelle Unterstützung zurückgreifen. Mein lieber Freund und Schwager Hartmann Alberts hat zum Glück ostfriesische Wurzeln. Mit viel Spaß haben wir gemeinsam die Sprache von Julius, Friederike, Lieschen sowie den verschiedenen Warnemünderinnen und Warnemündern ausgearbeitet.

So ist dieses Buch - ganz aus Versehen - auch zu einer Liebeserklärung an die plattdeutschen Sprachen geworden.

Bilder von früher

1911 / Stettin

Else   Lotte   Käte   Friederike   Eddi

1928 / Stettin

Lotte   Else   Eddi   Käte

213

Stettin 1928

Sünna 1956

Danksagung

Um mich zu bedanken, möchte ich zuerst in den März 2017 zurückkehren. Zur Feier meines 50. Geburtstag bat ich – statt um Geschenke – um eine finanzielle Unterstützung für meine Recherchen. Ein herzliches Danke-schön an meine Gäste, Freundinnen und Freunde, Mitglieder meiner Großfamilie, die diesem Wunsch nachkamen und mir dadurch die Reise nach Warnemünde und die Anschaffung zahlreicher Bücher und Materialien erleichterten.

Ein besonders herzlicher Dank gilt meinem Mann Toto und meinen Kindern, die geduldig meine neuesten Erkenntnisse über Bootsmotoren oder spannende Unterschiede zwischen ostfriesischem und pommerschem Platt anhören mussten, die meine Recherchen und mein Abtauchen in ein anderes Universum ermöglichten, liebevoll unterstützten und tapfer ertrugen.

Ich danke als Quelle vieler Erkenntnisse, Dokumente und Fakten natürlich dem Heimatpfleger von Warnemünde Herrn Christoph Wegner.
Die wichtigsten Quellen waren die Enkelkinder von Friederike und Julius: meine Tanten Karin und Renate, sowie mein Onkel Harald, der ebenfalls wichtige Erinnerungen beisteuerte. Danke, dass ihr mein Projekt so bereitwillig unterstützt habt!
Mein Dank gilt ebenfalls meinen verstorbenen Eltern für all das, was sie mir und meinen Geschwistern über unsere Vorfahren mitgaben: Anekdoten, Erinnerungen, sorgsam erarbeitete Stammbäume, gut beschriftete Fotos, Dokumente und vieles mehr. Ich habe mich bei diesem Projekt von ihnen begleitet gefühlt.

Beim Schreiben selber wurde ich von „Probe-Leser/innen" und einem mehrfachen Lektorat unterstützt. Für die vielen wichtigen Rückmeldungen, Anmerkungen und Vorschläge bedanke ich mich bei: Rena und Reinhardt, meiner Schwester Jutta und bei meinem Freund Flotho. Nur mit der Hilfe anderer erahnen wir unsere eigenen blinden Flecken.

Für die aufwändige Übersetzung meiner Dialoge ins Ostfriesische und Pommersche Platt danke ich meinem Freund und Schwager Harti.

Wie schön, dass es euch alle in meinem Leben gibt!

Für diejenigen, die bis hierhin durchgehalten haben, habe ich jetzt noch eine kleine abschließende Kostbarkeit.

Gerne überlasse ich die letzten Seiten dieses Buches einem anderen Schreiber, nämlich meinem Vater, der ebenfalls als Enkelsohn bei seinen Großeltern Friederike und Julius Berndt gelebt hat und der uns - in einem seiner zahlreichen Ordner – drei Din A4-Ringbuchblätter mit handschriftlich verfassten Kindheitserinnerungen hinterließ. Hier sind sie:

„Meine Eltern ließen sich früh scheiden. Ich habe ein Familienleben mit Vater und Mutter nie erlebt.

Ich war in meiner frühen bewußten Kindheit auf meine Oma mütterlicherseits fixiert. Sie war der liebste Mensch für mich. Ich lebte, schlief und spielte bei ihr und wurde von ihr oft mit meinen Lieblingsspeisen gefüttert. Sie war gehbehindert und ging ständig am Krückstock, war aber sehr lustig und freundlich.

Mein Opa kam abends von der Werft und war dann meistens ungenießbar. Oma und Opa hatten oft Krach. Es gab dann laute Worte.

216

Meine Mutter sah ich oft nur am Wochenende. Sie sah recht gut aus. Sie arbeitete anfangs als Näherin bei Fa. Odermark, später als Verkäuferin im Lebensmittelgeschäft Zubke, was nicht weit von Omas Wohnung entfernt war.

Meine Mutter nahm mich und meine 2 Jahre jüngere Schwester Ulla am Wochenende in der Regel in ihre Einzimmer-Wohnung in der Klosterhofstraße 1, Hinterhaus 2. Stock, mit. Sie hatte dort ein Riesenzimmer und die Nachbarn waren ihre Freunde. Es gab dann dort sonntags immer Kottelett und Blumenkohl.

Ulla wohnte in der Woche bei Tante Lieschen, der Schwester meiner Oma. Ich sah sie nur am Wochenende. Mein Leben spielte sich also im Wesentlichen bei meiner Oma in der Kronenhofstraße 28 ab. Wir wohnten im Hinterhaus, 1. Stock. Es gab dort etwa 5 Hinterhäuser, die um einen großen Hinterhaushof herum aneinanderlagen. Der Hof war mit Kopfsteinen gepflastert. Auf ihm standen zwei große Kastanien. Sie waren das einzige Grün, das weit und breit zu sehen war. Sonst gab es auf dem Hof noch ein hölzernes Teppichklopfgestell und einen großen Schuppen.

Ich spielte selten auf dem Hof mit anderen Kindern und noch seltener auf der mit großen Kopfsteinen gepflasterten Kronenhofstraße.

Ich spielte gern allein in der Wohnstube meiner Oma, malte dort und schnitt irgendetwas aus, was später in der

217

Hauptsache Papiersoldaten waren.

Meine Oma hatte eine Wohnung, die aus der größeren Wohnstube, Kammer und Küche bestand. Vom Hausflur kam man direkt in die Wohnstube. Das Klo war im Treppenflur.

In der Kammer schlief mein schnurrbärtiger Opa. Dort stand auch seine riesige Seekiste.

Die Küche hatte nur ein Fenster auf einen engen, hohen, grauen Lichtschacht hinaus.

Meine Oma kochte und backte auf einem Kohlefeuerherd. Es war ein Spaß zuzugucken, wenn sie Kuchen anrührte oder Fisch ausnahm. Beim Kuchenrühren musste ich die Rührschüssel festhalten Die Teigreste schmeckten immer herrlich.

Es war eine schöne Zeit.

Schlimm war es allerdings, wenn man Wrucken oder gar Graupen essen mußte. Schlimm waren auch die selbstgestrickten Wollstrümpfe, die bis auf die Oberschenkel reichten und oft auf die frischgewaschenen Beine gezogen wurden. Das waren wirklich schrecklich unangenehme Gefühle.

Am Wochenende ging es manchmal mit Mutter u. Schwester an einen See zum Baden, wobei ich immer etwas Angst vor dem Wasser hatte, oder es wurde ein Sonntagsspaziergang in den Eckerberger Wald zu einem Ausflugslokal gemacht.

218

Oft besuchten wir auch Familie Schramm. Onkel Otto war Meister bei der Herrenkleider-Firma Odermark. Er war schon etwas älter, aber sehr lustig.

Die Verwandtschaft bestand aus dem Bruder und den 2 Schwestern meiner Mutter, die alle verheiratet waren und Kinder hatten. "

Klaus Adam